KB059922

사랑하는,
너무도 사랑하는

사랑하는,
너무도 사랑하는

성석제 소설

문학동네

● 일러두기

이 책은 『성석제의 이야기 박물지 유쾌한 발견』(2007)과 『인간적이다』(2010)의
일부 원고와 그후 2017년까지 써온 소설들을 엮은 것이다.

차례

나는 너를 언제 어디서나 지켜볼 것이다

급한 일이 있어 집에서 급히 차를 몰고 나온 사람이 있었다. 급하게 약속 장소로 가려면 골목 앞 도로에서 좌회전을 해야 했지만 거긴 원래 좌회전이 금지된 곳이었다. 마음이 급한 나머지 그는 거기서 차를 돌렸다. 동네 주민들이 별문제 없이 그곳에서 좌회전을 했었고 중앙선이 반쯤 지워져 있기까지 했다. 그런데 전에 없이 맞은편 골목 안에서 경찰관이 나오면서 차를 세우라는 신호를 보냈다. 그다음의 경과.

경찰관   불법 유턴을 하셨습니다. 면허증을 보여주세요.
사람   급한 일이 있어서 그랬소. 좀 봐주시오.

경찰관	급하다고 신호를 위반하시면 되겠습니까?
사람	나 바로 이 골목 안쪽에 사는 주민이에요. 내가 평소에는 절대 이러는 사람이 아니오. 오늘은 정말 급해서 그런 것이니까 좀 넘어갑시다.
경찰관	전 여기 부임한 지 얼마 안 되어서 누가 어디에 어떻게 사는지 잘 모릅니다. 이 지역에 사신다니 말인데 여기서 교통질서를 어기시면 어린 자녀나 이웃이 볼 수도 있지 않습니까? 어떤 일이 있어도 위반은 안 됩니다. 면허증 주세요.
사람	정말 못 봐주겠소? 인간적으로 이렇게까지 사정하는데 안 된단 말이죠?
경찰관	안 됩니다.
사람	좋소. 여기 있소, 면허증. 그런데 당신 이름과 소속을 먼저 밝히시오.
경찰관	협조해주셔서 감사합니다. (면허증을 받아서 범칙금 고지서에 뭔가를 적으며 자신의 소속과 이름을 대충 말한다.)
사람	내가 정말 인간적으로 한번 봐달라고 부탁을 하는데 못 들어주겠다 이 말이죠. 그러는 노들경찰서 김만복 경장은 자신의 일에 친친 묶여 있는 노예나 다름없소. 김만복 경장은 지금 법을 사람 위에다 놓고 사람 사이의 관계를

쇠창살 속에 가두려고 하고 있소. 나만 갇히는 게 아니라 김만복 경장도 이 세상도 다 갇히는 거요. 김만복 경장은 정말 다른 사람의 사정을 전혀 고려하지 않고 제 할 일만 하면 다라고 생각하는 이기주의자로 보이오. 내가 보기에 노들경찰서 김만복 경장은 앞으로의 인생이 몹시 피곤할 뿐 아니라 주변 사람들 모두 불행하게 만들 거요.

경찰관   (면허증과 범칙금 고지서를 서둘러 주며) 안 가십니까? 급하시다면서요?

사람   내가 집 앞에서 이렇게 재수없는 일을 당했는데 가서 무슨 일을 하고 싶겠소. 또 내가 어딜 가든 말든 노들경찰서 김만복 경장이 무슨 상관이오? 나는 여기서 김만복 경장이 국민의 세금으로 월급을 받는 공복으로서 일을 제대로 하는지 지켜보겠소. 만약에 김만복 경장이 근무 중에 조금이라도 나태한 행동을 하거나 근무 규칙에 어긋난 행동을 할 시에는 노들경찰서 서장과 상급기관의 책임자에게 즉각 신고할 것이오. 또 법에 의거하여 그에 해당하는 징계가 제대로 이루어지는지 눈 부릅뜨고 지켜볼 거요. 내가 보이지 않는다고 해서 방심하지 마시오. 나한테는 식구가 있고 친척이 있고 이웃이 많고 친구가 있으며 카메라와 컴퓨터를 잘 다루는 사람도 많소. 나는 시간도 아주 많은 사람이오.

경찰관이 범칙금 고지서를 회수했던 건 아니지만 그 사람이 다시 그 자리에서 단속을 당한 적은 없었다고 한다.

특별히 멋을 내다

나다라씨가 농촌마을 고요리의 이장을 지내기 시작한 지 16년이
되었다. 이장 임기는 2년이니 무려 8대를 연임한 것이었다. 그는 원
래부터 정보 수집이 빠르고 행동력과 순발력이 뛰어나 타고난 이장
감이라 할 만했는데 임기 동안 적지 않은 업적을 쌓았다.

물론 그가 철두철미 순수하게 고요리 주민과 마을 발전만을 위해
이장직을 수행했던 건 아니다. 이장에게는 매월 약간이나마 수당이
지급됐고 새로 보급되는 종자, 저리의 영농자금 대출을 남보다 먼저
받고 마을 사람들에게 선심 쓰듯 나눠줄 수 있다는 것도 이장이 누
리는 권리였다. 하지만 고요리의 이장에게는 대한민국의 어느 마을
이장도 가지지 못한 특별한 힘이 있었다.

사방이 높은 산으로 둘러싸인 분지에 자리한 고요리 사람들은 이웃끼리 오순도순 어울려 살기에는 부족함이 없는 자연환경 속에서 마을 이름 그대로 평화롭고 고요하게 살아왔다. 하지만 십여 년 전에 고요리 일대의 산에서만 나오는 멧나물이 맛과 향이 특별한 건 물론이고 간과 신장 기능 향상에 탁월한 효능이 있다는 게 알려지면서 고요리 전체가 전국에서 몰려오는 사람들로 들썩거리게 되었다.

　사람들이 모여들자 고요리의 특산품은 멧나물뿐만이 아니라 청정계곡의 물고기, 유기농 재배 농산물, 버섯·목청·약초·산나물·고로쇠 물 등의 임산물, 산에 놓아기르는 닭과 염소 등을 조리한 음식으로 확대됐다. 고요리의 정갈한 흙집에서 묵으면서 고요리의 맑은 공기, 깨끗한 물을 마시고 고요리산 식재료로 만든 '삼무三無(화학조미료, 설탕, 정백 밀가루가 들어가지 않은) 약용식'을 먹고 깊은 어둠 속, 찬란한 별빛 아래에서 푹 쉬었다 가는 체험 상품은 동남아 여행을 다녀오는 것만큼이나 비쌌다. 나다라 이장은 현명하게도 사람들이 고요리에 불원천리하고 찾아오기 시작할 무렵 고요리 방문 최대 인원을 하루에 200명, 체험 상품 손님을 30명으로 제한해서 고요리의 상품 가치를 극대화했다.

　고요리 전체 마을 사람들이 인근 마을 주민의 몇 배나 되는 고소득을 누리기 시작하자 나다라 이장의 인기는 하늘을 찌를 정도가 되었다. 마을 가가호호의 음식, 숙소, 특산물 생산 농가에 외부 손님들을 인도하고 배정하는 이장의 권한에 이의를 제기하는 사람도 없었다. 하지만 이장의 임기가 오래 지속되면서 이장과의 친소관계에 따라서 소득에 차이가 나는 경우가 발생하자 불만이 고개를 들기 시작했다.

집권 16년 차에 이르러서는 새로운 이장을 뽑아야 한다는 여론이 압도적으로 높아졌다. 나다라 이장 또한 나이가 들었고 체력의 한계를 느끼는 상황이라 새 이장 선출에 동의했다. 그는 자신의 후배인 마바사를 차기 이장 후보로 추천했다. 나이장의 반대 세력에서는 모든 주민에게 소득이 공평하게 돌아가야 한다는 공약을 내세운 하자차를 이장 후보로 내세웠다. 결국 이장 선거는 마바사와 하자차의 양자 대결로 굳어졌다. 투표권은 이장으로 선출될 자격이 있는 사람에게만 주어졌고 투표일은 체험 상품 손님이 없는 4월 셋째주 수요일로 정해졌다.

선거운동은 고요리 역사상 가장 치열하게 전개되었다. 하자차 후보측은 현 이장이 얼마나 오랫동안 절대권력을 휘둘러왔는지에 대해 설파하고 '절대권력은 절대 부패한다'는 구호를 외쳤으며 마바사 후보가 현 이장의 꼭두각시에 불과하다는 것을 강조했다. 반면 마바사 후보는 오래도록 현 이장의 업적과 능력 덕분에 혜택을 입어온 사람들을 탄탄한 득표 기반으로 해서 정에 약한 유권자들을 집중 공략했다. 선거전이 가열될수록 두 후보 사이의 감정의 골은 깊어졌고 두 후보를 지지하는 마을 사람들 또한 양분되었다.

　마을이 완전히 두 쪽 나기 직전에 투표가 실시됐다. 마바사 후보가 1번, 하자차 후보가 2번이었다. 천으로 가려진 기표소에 들어가 투표용지에 1 또는 2를 쓴 뒤 반으로 접어서 투표함에 집어넣는 것으로 투표 절차는 끝났다. 67명의 유권자 전원이 참가한 투표는 정오에 시작돼 두 시간 만에 종결됐고 곧바로 개표가 진행되었다.

　숫자 1과 2가 적힌 투표용지가 번갈아가며 펼쳐졌다. 두 후보 중 누구도 당선을 자신할 수 없게 엎치락뒤치락 비슷한 득표수를 기록했다. 개봉되지 않은 투표용지가 단 한 장 남았을 때 두 후보의 득표수는 33표로 똑같았다.

　터질 듯한 긴장 속에서 마지막 투표용지가 펴졌다. 거기에 적힌 건 숫자가 아니라 그림에 가까워 보였다. 그 투표용지에 기표한 사람으로는 군대 시절 행정반에서 '차트병'으로 훈련 교안, 휴가증, 일지 등을 작성하면서 남들보다 편히 복무한 것을 자주 이야기하던 성억제가 지목되었다. 역사적인 투표에 다른 사람보다 특별히 멋을 내고 정성 들여 쓴 그것은, 다음 그림과 비슷한 모양이었다.

　마바사 후보는 즉각 그게 '1'이라고 주장했다. 하자차 후보는 당연히 '2'를 쓴 것이라고 맞섰다. 선거관리위원들도 1 또는 2로 해석이 갈렸다. 상황을 지켜보던 현 이장, 나다라씨가 제3의 의견을 내놓았다. 그건 1도 2도 아닌 '그'라는 한글로, 의미하는 바는 '그냥, 그

대로'라는 것이었다. 하자차 후보는 그 즉시, 선거에 절대 관여해서는 안 되는 이장의 의견 개진 자체를 용납할 수 없다고 반박했다.

선거관리위원회에서는 투표 후 집으로 돌아가 군불 땔 때는 데 쓸 장작을 패고 있던 성억제를 긴급 소환해 어느 쪽에 투표를 한 것인지 물었다. 성억제는 그 투표용지는 자신의 것이 아니라고 부인했다. 설사 성억제가 그것을 썼다 하더라도 유권자의 의사는 오로지 투표용지에 표현된 것만 가지고 판단해야 한다는 원칙론이 다수의 지지를 받았다. 무기명 비밀투표의 성격상 성억제에게 그것이 뭔지 묻는 것 자체가 규칙 위반이라는 주장도 제기되는 등 백가쟁명의 논란이 벌어졌다. 그런 식으로 해가 지고 밤이 지나 날이 샜으며 다시

마을 바깥에서 손님이 올 시간이 되었다. 마침내 선거관리위원장이 결정을 내렸다.

"신임 이장 선거는 무효표로 무효가 되었음을 선언합니다. 새 선거까지 현 이장의 지위와 권한은 그대로 유지되겠습니다. 이것으로 단기 4350년 제101대 고요리 이장 선거를 마칩니다. 고요리 주민 여러분, 대단히 감사합니다."

찬성 의사를 표시하는 박수 소리와 함께 반대의 외침도 터져나왔다.

"무효 선언이 무효임을 선언한다!"

"감사는 뭐가 감사야! 무능한 선관위야말로 철저한 감사 대상이다!"

집전화 통화 방식의 짧은 희곡

1막

"야, 너 윤철기 맞지?"

"누구신데요?"

"나 중앙 38회 동기 박명호야."

"박명호? 중앙? 응, 그래. 웬일이야?"

"야, 우리 얼마 만에 통화하는 거지?"

"몰라. 언제 통화를 하긴 했었나?"

"우리 한 번 만났잖아. 학교 졸업하고 나서 십 년 만인가 그때. 우리 참 젊었다."

"난 기억이 잘 안 나는데……"

"뭐 그럴 수도 있지. 그게 언제 적 이야긴데. 우리 나이가 얼마냐. 하여튼 반갑다."

"근데 너 뭐 때문에 전화했는데?"

"그걸 알면 내가 아직까지 전화기 붙들고 있겠냐? 이 답답아."

2막

"여보세요?"

"예, 여보세요? 누구를 찾으시나요?"

"……저기 죄송합니다만 거기가 어디죠?"

"여기요? 서울요."

"아니 어떤 분이 전화를 받으시나 해서 그러거든요…… 제가 누구한테 전화를 했는지 모르겠어서요."

3막

"여보세요? 거기가 어디죠?"

"서울요. 누구를 찾으시는데요?"

"글쎄 누구를 찾는지 생각이 안 나서요……"

"무슨 일 때문에 그러시는데요?"

"그것도 생각이 안 나네요."

"지난번에도 전화를 하셨죠? 여기 집안 식구들 다 모여 있거든요. 전화 거시는 분의 성함을 말씀해주시면 같이 의논해서 누가 전화를 받을지 찾아볼 수 있을 것 같은데요. 성함이 어떻게 되시죠?"

"아, 예 정말 감사합니다. 그런데 제 이름이 생각이 안 나네요."

"장난하세요, 지금?"

"그게 아니고…… 죄송합니다. 좀 물어보구요."

(인내심 있게 전화기를 귀에 대고 있는 사람에게 먼 소리로 "여보, 내가 누구야?" 하고 묻는 소리가 들려온다. "나도 몰라요. 난 누군지 먼저 말해줘봐요" 하는 답도 희미하게 들린다.)

영험한 약

1.

어떤 사람이 등이 결려 고생하던 끝에 약국에 갔다. 약사가 이야기를 듣더니 흔히들 '파스'라고 부르는 찜질패치를 내주었다. 그걸 가방에 집어넣고 볼일을 보러 하루종일 돌아다니던 그는 밤이 이슥해서야 집에 돌아왔다. 혼자 사는 원룸 현관문 앞에는 배달 전문 음식점들에서 가져다놓은 전단지들이 떨어져 있었는데 그중에는 흔히들 '스티커'라고 부르는 것도 포함되어 있었다. 그는 전단지를 집어들고 집안으로 들어섰고 피곤에 절어 씻는 둥 마는 둥 하고는 침대에 쓰러지듯 누워 잠이 들었다.

한밤중에 그는 잠을 깼다. 등이 결리고 아파 견딜 수가 없었던 것이다. 그는 어둠 속을 더듬거리며 낮에 샀던 파스를 찾았고 손에 집히는 대로 껍질을 벗겼다. 아픈 데가 등 쪽이라 신경을 집중해야 했지만 팔을 힘껏 뻗어 등에 붙이자 한 번에 잘 붙었다. 그는 다시 잠이 들었고 아침이 되어 한결 몸이 나아졌다는 느낌으로 자리에서 일어났다.

출근을 하기 위해 가방을 챙기던 그는 전날 자신이 샀던 파스가 약국에서 준 봉지 안에 그대로 얌전하게 들어 있는 것을 발견했다. 그는 자신의 등에 붙은 게 무엇인지 알아보려고 거울 앞에 다가섰다. 그의 등에 붙어 있는 '파스'에는 '짬짜면 뽁음밥 탕슉 꾼만두 전문 신속배달 용용반점 02-000-0000'이라는 붉은 글자가 인쇄돼 있었다. 그는 등의 피부가 당겼던 것, 솜털이 뽑혀나갈 때의 따끔거림이 결리는 것을 잊게 해주는 효과가 있더라고 했다. 그 이야기를 들은 누군가 논평했다.

"그거 '플라세보 효과'하고는 좀 다른 개념인데. '스티커 효과'라는 말을 붙여서 학계에 제출하는 건 어때?"

"아 글쎄, 그게 뭔 학계인지는 몰라도 제대로 알려지기만 하면 노벨상에서 경제학, 의학, 문학, 평화상을 겹으로 타고도 남을 것이네."

2.

어떤 사람이 동남아의 항구도시로 발령을 받아 몇 년 동안 주재원으로 살던 중에 몸이 나른하고 기운이 없으면서 병치레가 잦아졌다. 병원에 가보았으나 별다른 이유를 찾을 수 없었다. 마침 거래관계로 알게 된 사람이 용한 한의원이 있다고 소개해주었다. 그가 한글로 쓰인 한의원 간판이 걸린 곳에 들어서자 한의사처럼 가운을 입은 남자가 "몸에 늘 기운이 없고 가끔 어지럽고 철이 바뀔 때마다 감기에 걸리는데 잘 낫지도 않지요?" 하고 물었다. 그는 그렇다고 대답했다. 남자는 조국과 고향을 오래 떠나 있는 바람에 생긴 증세라고 진단을 내리고 고향에 돌아가기만 하면 씻은 듯 나을 것이라고 했다. 망설이는 그의 표정을 본 남자는 벽장에서 종이상자를 꺼냈다. 상자의 뚜껑을 열자 얇은 한지에 싸인 거무튀튀한 사슴뿔 같은 물건이 나왔다.

"이거 한국에서 아는 사람이 선물로 가져온 겁니다. 피아노의 시인이라고 불리는 작곡가 쇼팽이 폴란드의 고향흙을 가지고 프랑스로 떠났다는 이야기 아시지요? 이건 나무뿌린데 땅거죽도 아니고 땅속 깊은 곳의 기운을 제대로 흡수한 거예요. 흙보다 약성이 엄청나게 강하죠. 다른 분들이 몇 번 달여서 드셨지만 처음하고 약효가 달라진 게 별로 없어요. 가지고 가서 정성껏 달여서 하루 세 번 공복에 드세요. 병이 나으면 도로 가지고 오시고요. 다른 분들도 쓰셔야 하니까.”

　그는 상자를 받아들고 집으로 돌아와 나무뿌리가 들어갈 만한 큰 약탕기를 구해서 남자가 말한 대로 계피, 감초, 대추, 오미자, 구기자 같은 부수적인 약재와 함께 물에 잠기도록 넣은 뒤 이틀 넘게 푹 달였다. 우러나온 물을 식혀서 냉장고에 넣고 하루 세 번 한 잔씩 공복에 마셨다. 그렇게 한 달쯤 지나고 나니 정말 몸이 거뜬해진 것 같았다. 그는 상자를 다시 원래대로 포장해서 남자를 찾아갔다.

　“선생님 덕분에 병이 말짱하게 다 나았습니다. 정말 영험한 나무뿌리 같군요. 저 말고도 많은 사람들이 저와 같은 증세로 고생할 텐데 이제는 그 사람들한테 쓰시지요. 감사 표시로 여기 봉투에 치료비를 조금 넣었습니다.”

　그러자 남자는 손을 저으며 그에게 말했다.

　“아 이거 참…… 지난번에 제가 착각을 해서 엉뚱한 걸 드렸네요. 이건 사실 그냥 플라스틱입니다. 누가 시베리아산 녹용 모형을 만들어서 가져온 건데 제가 헷갈려서 잘못 보관하고 있다가 그만…… 진짜 약성 좋은 나무뿌리는 따로 있습니다. 바로 여기 있네요. 가져가서 잘 달여서 드셔보세요.”

　어떤 사람은 남자의 말이 끝나기도 전에 벌떡 일어서서 밖으로 나왔다. 그사이 하늘이 노래져 있었다.

바보들의 비밀결사

1.

지난 세기 후반, 서울의 여항閭巷 어디에 '바보회'라는 모임이 있었으니 모임의 두령은 또렷한 눈빛과 재빠르고 재치 있는 언행으로 알려진 시인 S였다. 바보회에 입회를 하려면 소정의 절차를 거쳐야 했다. 기존 회원들 앞에서 바보회에 들기를 원하는 사람이 일생일대의 바보짓을 고백하고 과반수의 회원들이 그를 평가해서 '진짜 바보스럽다'라고 인정해주면 되는 것이었다.

어느 날 유명 건축가 J가 입회를 청했고 신입회원 심사를 위한 모임이 이루어졌다. J는 최근 자신이 설계해준 소설가 H의 집이 두 채로 이루어졌고 두 채 사이는 낭하로 연결되도록 설계했다고 했다.

그런데 집을 지은 지 얼마 되지 않아 낭하와 건물을 연결하는 부분에서 빗물이 새기 시작했고 스며든 빗물로 집 두 채의 천장에 곰팡이꽃이 잔뜩 피었다고 고백했다. 회원들은 그게 무슨 바보짓이냐고 오히려 어리둥절해했다. 집이 건축가가 설계한 그대로 지어지는 것도 아니고 시공업체, 사람, 기후변화, 집주인의 불운 등등 무수한 변수가 개재한다는 것을 누가 모르겠는가.

입회를 거절당할 위험에 처한 J는 비교적 근래에 있었던 일에 대해 털어놓았다. 그는 평소에 포장마차로 생계를 이어가는 노점상들에게 뭔가 유익한 일을 해줄 수 없을까 고민하던 차, 서울시에서 불법노점인 포장마차를 양성화하면서 디자인을 새로 공모한다는 것을 알게 되었다. J는 튼튼하면서도 아름답고 특히 천둥과 비바람 속에서도 빗물이 절대로 새지 않도록 지붕을 보강한 이상적인 포장마차를 설계해 출품했다. 그의 설계안은 시 당국의 심사에서 최우수상을 받았고 포장마차를 하려는 사람은 누구나 무상으로 가져다 쓸 수 있도록 디자인이 개방되었다. 하지만 단 한 사람도 그 설계안대로 포장마차를 만들지 않았다. 이유는? 너무 장려壯麗하고 튼튼하게 만들어진 나머지 그 포장마차가 굴러갈 수 없었기 때문이었다. 자신이 죽기 전에 이런 고백을 다른 사람에게 할 줄 몰랐다는 J의 마지막 언급에 회원들은 박장대소하면서 그의 입회를 만장일치로 승인했다.

그로부터 얼마 뒤 바보회에서는 건강관리와 체력증진을 위해 회원 전원이 등산을 하기로 결정했다. 연락을 맡은 신입회원 J는 등산 날짜가 명절 연휴 첫날인 데 대해 회장 S에게 연유를 물었다. S의 대답은 "그러니까 바보회지"였다. J는 회원 모두에게 연락을 취했고 모두로부터 정해진 날짜, 정해진 시각, 정해진 장소에 오겠다는 대답을 들었다. 당일이 되어 약속 장소에 나간 J는 S 말고는 아무도 와 있지 않은 것을 보고 놀라서 턱이 빠질 뻔했다. 가장 오래도록 모임에 참석해왔던 S는 더이상 아무도 오지 않는다는 걸 확인하고는 껄껄 웃으며 "야, 이거 우리가 오늘 제대로 바보짓을 했네. 이제 우리 두 사람으로 바보회 안에 상바보회를 하나 더 만들까나?" 했다고 한다.

2.

바보가 주인공인 소설 몇 편을 쓴 이후 한때 세상 바보들의 대변인 격으로 치부되던 나로서는 '바보회'에 관심을 가지지 않을 도리가 없었다. 물론 이 '바보회'는 1969년 서울 평화시장의 노동자들이 모여 만든 역사적인 '바보회'와는 별개의 모임으로 1980년대에 결성되었다.

어떤 행사에 참석했다가 점심을 먹는 자리에서 바로 그 바보회를 대표하는 인물로 지목되었던 S시인과 마주앉게 되었다. S의 곁에는 그의 몇 년 후배인 소설가 H도 있었다. 식사가 나오기 전에 나는 세상을 그런대로 살 만한 곳으로 만들어온 바보들의 전통을 맥맥이 이어가고 있는 바보회의 존재에 대해 물어보았다. 하지만 S는 그런 모임은 들어본 적조차 없다고 간단히 부인했다. 워낙 단호하게 말을 자르는 바람에 더이상 물어볼 말도 없어 냄비에 든 두부찌개가 끓기만 기다리고 있는데 행사를 주최한 쪽에서 주문한 지역의 특산 막걸리가 날라져왔다. 좌중에서 가장 연장자인 S는 내가 막걸리를 따르자 왼손 새끼손가락을 들어올리면서 "난 술 못 마셔. 보름 전에 집에 들어가다가는 살짝 넘어졌는데 이게 금이 갔다고 해서 말야. 깁스까지 했다고"하고 말했다.

"아 형님, 그래서 그동안 그렇게 연락이 안 됐던 거요?"

H가 물었다. S는 특유의 장난기 서린 표정으로 대답했다.

"맞아. 내가 이거 부러지고 난 뒤에 날이 어두워지기만 하면 전화기를 꺼놨어. 누가 술 마시러 오라고 연락할까봐서는."

말은 그렇게 하면서도 S는 깁스를 한 새끼손가락으로 나와 H 앞의 종이잔에 들어 있는 막걸리를 휘휘 저어주었다. 막걸리 젓는 데는 깁스한 새끼손가락이 아주 제격이라고. 그때부터 좌중에 활기가 돌기 시작했다.

"술 먹고 뼈 부러진 사건으로는 이아무개 시인이 최고지. 걔는 술을 엄청 처마시다가 사라졌는데 나중에 찾아보니까 개골창에 처박혀서 자고 있더라고. 힘들게 꺼내놓고 봤더니 다리가 부러져 있더라는 거야. 아프지도 않았나봐."

"술 마시고 뼈 부러지면 아픈 줄 모릅니다. 제가 교통사고로 복합골절을 당해봐서 압니다."

나도 거들었다.

"사실은 나도 술 마시고 부러진 거여."

S가 고백했다.

"부러져보니까 알겠어. 왼손 새끼손가락이라는 게 있으나 마나 한 거라고 생각한 게 얼마나 엉터리였나. 이 쓰잘 데 없어 보이는 새끼손가락도 부러지면 엄청나게 중요해져. 사람 전체를 요 새끼손가락 하나가 아주 들었다 놨다 한다고. 그런께 뭐 몸 한구석 어느 하나라도 온전히 탈없이 잘 있다는 게 얼마나 몸뚱아리 주인한테 큰일을 해주는 건지 모른다니까. 정신도 마찬가지여."

약간의 감동과 함께 뭔가 깨달음이 오려 했다. 이런 것이야말로 진정한 바보의 철학 같은 게 아닐까. 다시 고개를 들고 바보회에 대해 물으려는 내 마음을 알기라도 한 듯 H가 나 대신 나서주었다.

"형님, 시방 술 드시고 뼈 부러진 일이 처음은 아니잖소."

S는 고개를 도리질 치며 눈을 크게 떴다.

"그게 뭔 소리여. 이 사람이 공연한 소릴 헐려고 허네."

나는 급히 끼어들며 소리쳤다.

"잠깐만요, 잠깐. 지금 말씀하신 그게 뭔가요? 말씀해주세요."

이야기가 풀려나오기 시작했다. 소설가의 입에서 나온 말이니만큼 기승전결과 플롯, 복선, 개연성이 두루 갖춰져 있었다.

그들은 한때 잘못된 세상을 올바로 바꾸어보겠다는 꿈을 꾸었다. 완고한 독재권력의 벽에 부딪혀 그들의 행동과 외침은 무위로 돌아갔고 개개인의 삶은 고단해졌으며 가는 곳마다 감시의 눈길이 뒤따랐다. 그렇지만 그들 대부분은 문학인이고 예술가였으니, 어려움 속에서도 언제나 재미있게 살고 재미있게 놀고 싶어했다. 그러던 차 어느 봄날, 수십 명의 사람들이 어울려 남한강 상류 어느 풍광 좋은 곳으로 소풍을 갔다. 낮부터 술잔이 돌았고 거나해진 사람들은 누가 시키기도 전에 노래를 부르고 춤을 추었다. 한창 분위기가 절정에 이르렀을 때 S가 앞으로 나섰다.

"그때 형님이 맨날 부르던 노래가 하나 있었거든. 그게 말야. 후렴이 당가다당당 당가다다당 하는 노랜데."

술자리에서나 흔히 불렸던 노래였다. 공식적으로 녹음되거나 음반으로 발매된 적이 없는 '항간의 속요'. 반복되는 단순한 가락에 그때그때 바뀌는 가사였는데 이를테면 "키스해주세요, 앞이빨이 쑥 빠지도록" 하고 나서 "당가다당당 당가다다당" 하고 후렴을 부르는 식이다. 누구보다도 깊이 있고 가슴을 울리는 서정시를 쓰던 시인이 그런 노래를 부르는 게 훨씬 더 반향이 큰 법이다.

S가 노래를 부르겠다고 앞으로 나섰지만 누구도 주목을 하지 않았다. 그래서 S는 남들이 모두 바라볼 수 있는 강변의 둑 위에 올라섰다. 키가 큰 편이 아니었지만 그 정도면 사람들의 시선을 사로잡을 만했다. 그는 목청을 가다듬은 뒤 노래를 부르기 시작했다. 물론 동작도 함께 곁들였다. "키스해주세요" 할 때는 입술을 내밀고 "앞이 빨이 쑥 빠지도록" 할 때는 이가 빠지고 없는 사람 흉내를 냈다. "당가다당당 당가다다당" 하고 후렴을 외칠 때는 기타 연주자처럼 옆구리를 훑어내렸다. 이어서 "껴안아주세요, 갈비뼈가 으스러지도록" 하고 노래하며 두 팔로 갈비뼈를 으스러뜨릴 듯 상대를 안는 흉내를 내던 S의 모습이 갑자기 강둑에서 사라져버렸다. 술에 취한데다 과도한 동작으로 뒤로 벌러덩 넘어지면서 둑 아래로 굴러떨어졌기 때문이었다. 놀라 달려간 사람들 눈에 S가 강둑 아래 풀밭에 기절한 채 나가떨어져 있는 게 보였다.

"형님!"

"선생님!"

허겁지겁 강둑 아래로 내려간 사람들은 S를 일으켰다. 그때 정말 S는 자신이 불렀던 노래의 가사처럼 갈비뼈 몇 개가 부러졌다는 것이었다. 내 입에서 폭소가 터질 수밖에 없었다. 방안에 있던 모든 사람이 돌아보며 무슨 일이냐고 물을 정도였다.

"역시 선생님께선 바보회의 회장, 아니 총두령이 되실 자격이 충분하십니다. 당대에 누가 선생님을 능가할 수 있겠습니까?"

내 진심에서 우러난 경의와 찬사에 S는 고개를 저었다.

"바보회 따위는 없다니까. 바보회가 없는데 회장이고 두령이 뭐야."

"정말 바보회가 없었던 거예요?"

내가 못내 아쉬워하며 묻자 H가 대신 대답했다.

"바보회는 없었지만 그 비슷한 모임은 있었지."

궁금해하는 사람들을 한번 보고 뜸을 들이던 H가 아무렇지도 않게 툭 내뱉었다.

"푼수들끼리 모인 푼수회라고."

나는 복분자술 마신 사람 앞의 요강처럼 다시 한번 뒤집어지고 말았다.

뉴트리아의 전설

    반세기도 더 지난 아득한 옛날, 시골 초등학교의 인구밀도는 오늘날에 비해 서너 배는 높았다. 따라서 변소도 웅장하리만큼 크고 넓었다. 나무판자 지붕을 한 변소 건물 외벽에는 짙은 갈색 나무쪽을 가지런히 붙였는데 밋밋한 단층 콘크리트 건물인 교사에 비하면 이국풍의 별장 같은 느낌마저 주었다.

    변소 안으로 들어서면 열 개쯤 되는 문으로 한 사람씩 들어가서 변소에 온 소기의 목적을 달성할 수 있도록 설계되었다. 중간에 칸막이가 있고 출입구가 양쪽으로 나 있어서 한쪽으로는 여학생들이, 한쪽으로는 남학생들이 드나들었다. 워낙 아득한 옛날인지라 교사 전용 화장실이 없었고 남녀 변소 가운데 두 칸에 '교사용'이라는 팻

말을 붙이고 선생님들만 사용하도록 했다. 변소 아래에는 깊고 넓게 구덩이가 파여 있어서 '남·녀·교·학'이 하나로 통하게 되어 있었다.

신학기가 시작된 3월 초순, 아이들은 춥고 어두운 교실에서 수업을 받다가 쉬는 시간이나 점심시간이면 일제히 밖으로 나왔다. 밖에는 따사롭고 환한 햇빛이 내리쬐고 있기 때문이었다.

변소를 마주보고 있는 기다란 회색빛 교사 한 동의 남쪽 벽은 특히 햇볕을 많이 받아 따뜻해져 있었다. 아이들은 그 벽에 등을 대고 햇볕을 쬐는 것을 좋아했다. 수요와 공급이 불균형을 이루는 바람에 벽 앞에서는 늘 치열한 자리다툼이 벌어졌다. 먼저 벽에 등을 대고 있는 아이를 몸으로 밀어붙여 들어가 자신이 그 자리를 차지하는 것, 밀려나지 않으려고 버팅기고 붙들며 웃고 즐거워하는 과정을 통틀어 '미지기따지기'라고 불렀다.

그러던 어느 날 점심시간, 미지기따지기를 하던 아이들이 동작을 멈추고 시선을 집중하게 하는 일이 생겼다. 쥐 한 마리가 학교 담장 역할을 하는 측백나무 울타리에서 나와서는 아이들 앞을 가로질러 변소로 들어갔던 것이다. 흔한 쥐라면 그렇게 많은 아이들의 주의를 끌 수 없었다.

그때의 아이들은 한 해에 한두 번씩 '쥐잡기 운동'에 참여해온 터였다. 학교에서는 쥐를 잡을 수 있는 쥐약과 쥐덫을 나누어주었으며 때로는 성과를 확인하기 위해 쥐의 꼬리를 잘라오게 했다. 쥐잡기 운동의 효과 때문만은 아니지만 양식을 훔쳐먹고 벽에 구멍을 내고 쥐벼룩과 병균을 옮기기까지 하는 쥐에 대한 혐오감, 적개심은 아이들 대부분에게 있었다. 그런데 아이들 앞을 지나간 쥐는 커도 너무 컸다.

흔한 집쥐, 논밭에 사는 들쥐, 그보다 작은 생쥐, 더 작은 꽃방지 등등 아이들이 알고 있는 쥐가 아니라 새끼 고양이, 아니 먼 훗날 쓸개에 웅담 성분을 잔뜩 가지고 있는 것으로 밝혀지면서 갑자기 주목받게 된 뉴트리아처럼 크게 보였다. 어쨌든 그건 명백히 쥐였고 쥐 아니면 어떤 동물도 선호하지 않을 변소를 향해 달려간 게 분명했다. 그야말로 중인환시衆人環視리에, 쥐잡기 운동에 대여섯 번 이상 참가한 아이들 눈앞에서.

아이들은 그리도 좋아하던 미지기따지기를 즉시 중단하고 변소를 향해 몰려갔다. 그 쥐가 학교 근처에 사는 모든 쥐의 대왕이라고 주장하며 반드시 잡아야 한다는 아이도 있었지만 그게 정말 쥐인지 확인하고 싶은 마음으로 가는 아이들도 많았다. 변소 건물 안으로 몰려들어간 아이들은 쥐가 어디 있는지 수색하기 시작했다.

쥐는 별생각 없이 제 갈 길을 나섰다가 아이들이 갑자기 몰려오는 바람에 당황했던지 여기저기 쑤석거리다 문이 열려 있는 칸으로 들어갔고 불행히도 그 칸 가운데에 직사각형 모양으로 뚫린 구멍으로 빠져버렸다. 아이들은 변소 아래의 큰 구덩이, 고형물질보다는 액체가 훨씬 많아서 웅덩이라 불러도 될 만한 곳에서 필사적으로 헤엄을 치고 있는 쥐를 발견했다. 쥐로서도 평생 처음 겪는, 가장 더럽고 냄새나는 모험이었을 것이다.

아이들은 밖으로 나가서 각자 작은 돌을 들고 들어왔다. 남자 변소에는 아래로 뚫린 구멍이 열 개 있었고 그중 교사용이 아닌 학생용 여덟 개로 공중폭격을 하듯 쥐에게 돌이 투하됐다. 하지만 어느 것도 쥐를 맞히지 못했고 잔잔한 수면에 퐁퐁하는 파문만 만들었을 뿐이었다.

그때에 교사용 변소 칸에는 어떤 교사가 특정한 볼일을 보기 위해 들어와 있었다. 갑자기 아이들이 몰려들어 "쥐다, 쥐! 죽여라!" 하고 외치면서 변소 아래 웅덩이로 돌을 던지는 것을 알긴 했지만 체면상, 또 볼일이 충분히 끝나지 않았다는 이유로 밖으로 나가는 걸 미루고 있었다. 퐁당퐁당하는 소리와 함께 수면에 파문이 일었을 때 얼핏 느끼기로 큰 문제는 없을 듯했다.

"야, 비켜라 비켜, 전부 다! 이 돌덩어리로 쥐를 맞히면 한 방에 간다!"

한 아이가 외치면서 뭔가 무거운 것을 들고 걸음을 옮기는 듯 쿵쿵, 소리가 났다. 이어서 감탄을 하는 다른 아이들의 목소리도 들렸다.

"우와, 너 그렇게 큰 돌을 어디서 구했냐? 화단에 있는 광물 표본

석 들고 온 거 아냐?"

"저 큰 돌을 번쩍 들고 오는 걸 보니 진짜 장사다, 장사."

"맞다! 쟤가 작년에 가을소풍 가서 6학년 형들 싹 자빠뜨리고 씨름에서 우승했던 애다."

숨을 죽이고 있던 교사는 점점 불안해졌다. 그는 직사각형 구멍 아래의 수면과 자신의 신체에서 노출된 부분 사이의 거리를 가늠했다. 주먹만한 돌이 투하되었을 때 반작용으로 튀어오른 물방울이 구멍 밖까지 날아올 수는 없을 것 같았다. 그런데 그 돌의 크기가 머리통만하다면? 늙은 호박만하다면? 앞으로 벌어질 상황을 감지하는 순간, 그의 입에서는 비명이 튀어나왔다.

"안 돼!"

그와 함께 구멍을 아슬아슬하게 통과한 돌이 구덩이 속으로 떨어져내렸다.

"퍼버엉더엉!"

이어 "처어얼썩!" 하는 소리를 내며 공중으로 높이 솟구쳐올랐던 누런 물이 제자리로 돌아갔다. 두 소리 사이에 "으아악!" 하는 교사의 억눌린 신음 소리가 섞여 있었는데 아이들은 쥐가 어떻게 됐는지 확인하느라 전혀 몰랐다. 쥐는 커다란 돌덩어리가 일으킨 파도를 타고 구덩이 가장자리에 닿더니 그대로 도망쳐버렸다. 아이들 역시 수업을 알리는 종소리에 맞춰 교실로 돌아갔다.

'장사'라고 불렸던 아이는 그로부터 두 시간 뒤 다른 반 담임선생님의 호출로 교무실로 불려갔고 느닷없이 '용의불량'이라는 이유로 호되게 야단을 맞았다. 선생님에게서 나는 묘한 냄새에 코를 벌름거리던 아이는 복도에서 한동안 손을 들고 서 있어야 했다. 영문도 모른 채.

아버지의 사업

"여보, 아버님이, 아버님이……"

말을 잇지 못하는 아내의 목소리를 듣고 나는 아버지가 또 무슨 물건을 집에 들여보냈을 거라고 짐작했다. 내가 결혼해서 분가한 이래 아버지가 이제까지 예고도 없이 집으로 보낸 물건은 자석담요, 건강식품, 정수기, 운동기구, 조리기구 등등의 공산품에서 흑마늘, 양파즙 같은 농가공품과 기능성식품까지 유구한 역사와 다양성을 자랑해왔다. 하나쯤 더 왔다고 무슨 엄청나게 큰 일이라고, 아침부터 긴급하고도 비상한 영업회의중이라는 사람에게 전화를 걸어서는…… 어라, 울먹거리기까지?

"아 왜 그래 또?"

"정말 나한테 이럴 수가 있는 거야? 아버님, 그리고 당신!"

"글쎄 나중에 이야기하자고. 지금 무지 바빠."

"집에 들어오기만 해봐. 해보라고!"

내가 한숨을 쉬며 전화기를 내려놓자 나를 지켜보던 직원들이 일제히 서류를 뒤적거린다. 뭘 적는 시늉을 한다 하면서 내 시선이 돌아오는 것을 피했다. 그러게도 생겼다. 지난달에 비해 판매 실적이 또 10퍼센트 감소했다. 그러니까 6개월 전 실적의 절반이 된 것이다. '위기는 기회'라고 말들은 쉽게 하는데 정말 죽느냐 사느냐의 위기가 당사자에게 닥치면 그런 말을 떠올릴 겨를조차 없다. 또다른 유행어인 '선제적 대응'을 한답시고 위기의 조짐이 보이던 지난가을, 살던 아파트까지 줄여서 이사를 하며 나온 돈을 회사에 집어넣었지만 그때 잠깐뿐이었다. 이제는 사람이고 비용이고 더 줄일 데도 없으니 별수없이 각자의 집에 가져가는 것을 최대한 줄이고 상황이 좋아질 때까지 버티는 수밖에 없었다. 사장이라 솔선수범해야 한다고 해서 석 달째 평소의 3분의 1에 해당하는 월급밖에 가져다주지 못해 살림을 꾸려가고 있는 아내의 이마에 깊은 주름이 생겼다.

집에 들어가자마자 아내가 전화기를 소파에 내동댕이쳤다. 부드러운 천소파라 전화기가 깨지거나 고장나지는 않았으나 아내의 과격한 행동은 결혼 이후 15년 동안 한 번도 없던 일이었다. 아버지가 보름 전쯤 전화를 걸어 "별일 없냐?"고 했을 때 옆에 있던 아내가 평소처럼 텔레비전 드라마를 보며 눈물을 흘리고 있기에 무심코 아버지의 요구대로 돈을 보내주겠다고 한 게 사건의 발단이었다. 통화가 끝나자마자 아내는 즉시 텔레비전을 끄더니 "또 얼마나?" 하고 다그쳤다.

"어…… 삼십만 원."

"왜?"

그때 내 입에서 거짓말이 튀어나간 게 결정적이었다.

"친구분들하고 부부 동반으로 제주도 다녀오신다고 해서."

"참, 요즘 같은 때 어쩌면 그렇게 마음이 편하시대요? 그리고 우리만 자식인가? 왜 그런 좋은 일 생기면 우리한테만 전화를 하셔?"

"아니야. 철호하고 영희, 윤희네가 각자 십만 원씩 내서 어머니 건 부담하기로 했대."

"거짓말 말아요."

"아니라니까. 나중에 선물 보면 알 거 아냐?"

그렇다. 아버지는 자식들에게 용돈 받아서 여행을 가면 반드시 여행지의 특산물을 택배로 부치는 사람이다. 부모 자식 간에도 인사할 건 해야 한다는 게 아버지의 소신, 아니 철학이다.

아버지가 전화에서 말한 '전망이 확실한 사업'이란 더덕 농사에 100만 원을 투자하겠다는 것이었다. 매일 빤히 바라다보이는 산 아래 밭 3천 평에, 매일 트럭 타고 집 앞을 지나다니는 성실한 농사꾼이 더덕을 잔뜩 심어놓았는데 지금 돈이 바짝 말라 가슴을 두드리고 있으니 이럴 때 숟가락을 슬쩍 얹어놓으면 뒷날 큰 보답이 돌아오리라는 것이었다. 빌려주고 이자 몇 푼 받는 게 아니라 과감하게 투자를 해야 몇 배의 투자 수익을 얻을 것이라고도 했다. 매달 보내는 아버지 생활비 겸 용돈 50만 원에 100만 원을 더 보태 송금을 하고 나서 확인해보니 더덕은 무, 배추처럼 심고 나서 금방 수확하는 게 아니라 서너 해를 바라보고 재배하는 품목이었다. 요새 돈 된다고 소문나서 너도나도 심는다니 그때 가서 제값을 받을 수 있을지도 의문이고.

농촌 땅부잣집의 외동아들로 태어나 자라난 아버지는 단 한 번도 자기 손으로 농사를 지어본 적이 없었다. 내가 세 살 때쯤 서울로 이사해 살면서 아이들을 키웠고 성가한 2남 2녀 네 자식 중 엇나간 자식이 있는 건 아니므로 자식농사는 남들과 비슷한 수준이라고 할 수 있겠다. 하지만 말로 짓는 농사에서 아버지를 당할 사람이 없다. 아버지가 가기 싫다는 어머니를 끌고 귀농한 지 십 년에 시도해본 농사, 아니 영농사업은 브로콜리, 고추, 버섯, 허브, 마늘, 아스파라거스 등등으로 종류는 다양했으나 결과는 판판이 실패였다. 그 덕분에 아버지의 식구와 사돈, 후손을 합쳐 백여 명이 마늘즙과 녹즙은 배 터지게 먹었다.

내가 인터넷 홈쇼핑에 주문한 제주산 옥돔이 도착하자 아내는 즉각 시누이들에게 전화를 걸어 시부모가 정말 엄동설한에 제주도에 부부 동반으로 여행을 가셨는지 사실을 확인했다. 물론 내 거짓말은 간단하게 탄로 나고 말았다. 애써 아버지 이름을 내세워서 옥돔까지 주문했던 나나 아버지의 꼴이 우습게 되었다.

일단 빌었다. 싹싹 빌었다. 엉덩이를 쳐든 채 엎드려 빌기 시작하자 피쉬쉬 하고 웃음보가 터지며 겨우 풀렸다. 하지만 아내는 옥돔을 냉동실에 넣고는 두고두고 이 사실을 되새기겠노라고 했다.

"그래도 아버지가 노름을 해, 춤바람이 난 적이 있어? 그냥 이런저런 일로 소일하면서 드는 비용이라고 생각하자고."

아내는 돈이 아까워서가 아니라고 했다.

"왜 부자가 합동으로 거짓말해서 나를 왕따시키느냐고! 지금 내가 당신 효도를 방해하는 거잖아요! 아버님도 그래. 차라리 그 돈 가지고 어머님이랑 몸에 좋은 거 드시고 보일러 좀더 돌려서 따뜻하게 지내시면 좋지. 왜 그렇게 힘은 힘대로 들이고 자식들한테 못할 말 해가면서 그런 사업을 하시느냐구? 앞으로 나한테 똑같은 짓을 하면 가만있지 않을 거야, 절대 절대!"

내가 학교 다닐 때 학적부에 아버지의 직업으로 써넣은 건 언제나 '사업'이었다. 그래서인지 나도 월급쟁이가 되기보다는 사업을 벌이는 쪽으로 나갔고 내 딸도 학적부에 아버지의 직업을 사업이라고 적어넣게 되었다. 아버지가 조상으로부터 물려받은 것을 팔아서 먹고살고 사업가로 행세하면서 살아올 수 있었던 건 행운이었다. 이제는 더 팔 게 없어서 자식들에게 사업 밑천을 빌리려는 것뿐이다. 다만 요즘 형편이 모두 어려운 판이니 늘 해오던 아버지의 행동방식이 눈에 띄기 마련이었다. 어떻든 그냥은 넘어갈 수 없을 것 같았다.

설날 이틀 전, 십여 년 동안 그랬던 것처럼 역귀성을 한 아버지가 어머니와 함께 아파트 문을 들어섰다. 지난가을 이사 온 곳이 언덕배기에 세워진 아파트라 마을버스에서 내려서 올라오기가 불편하기도 했을 것이다. 거기다 25층 아파트의 꼭대기층이니.

"아이구, 난 어지러워서 이런 데는 못 살겠다. 시골서 맨 일층에만 있었더니 촌할마씨 다 되어서는⋯⋯"

어머니는 말은 그렇게 하면서도 달라진 아파트 때문에 마음이 아픈 듯했다. 어떻든 사업가로 일관하여 평생을 살아온 남편 때문에 단련된 눈치가 9단이다.

"원래 서양에서는 동네 이름에 언덕이라는 힐hill 들어가면 부자 사는 데거든. 여기는 아파트 이름이 힐보다 더 높은 하이츠heights, 그러니까 고지예요. 백마고지, 개마고원 할 때 그 높은 데란 말이죠."

내가 애써 설명을 하는데 아버지는 부엌으로 자주 눈길을 보냈다. 아내는 아직 옥돔 사건의 여파에서 자유롭지 않은 듯 부엌에만 있었다. 마침내 어흠, 하고 아버지가 기침 소리를 내더니 식구들을 불러 모았다.

"에미야, 이리로 좀 와보거라. 현진아, 너도 여기 와 앉고."

나도 짐작만 할 뿐 구체적으로 어떤 광경이 펼쳐질지 몰라 잘 아는 사람들이 출연하는 연극 구경을 하는 것처럼 긴장되었다. 아내는 앞치마를 걸친 채 거실 바닥에 앉았다. 뒤늦게 온 아이는 소파 위에 올라앉고 나는 식탁 의자에 떨어져 앉아서 연극을 볼 태세를 갖추었다.

"내가 한 두어 달 전에 문중 행사에 갔다가 말이다. 오래된 문서를 하나 보게 됐지. 요새 한문 아는 사람이 누가 있나. 내가 그거를 갖다가 읍에 한약방 하는 동창놈한테 보여보니까 아, 그게……"

아버지는 목이 마른지 아이에게 물을 가져오게 하고는 이야기를 계속했다.

"그게 네 증조할부지 글씨더란다. 한 칠십 년 전에 문중에서 선산 터를 하나 장만했는데 사고 나서 보니 길을 내기 힘든 험지라 쓸 수가 없었어. 그래서 네 증조가 당신 산을 문중에 내주고 그 터를 인수한 거라는 내용의 문서더라. 거기에 문중 어른들 도장이 쫙 찍혀 있고. 한데 네 증조할부지가 그 산 명의를 당신 앞으로 옮기지 않고 그냥 돌아가셨거든. 뭐 그 땅은 돈 가치는 별로 없어. 문중에서 이번에 고속도로 나면서 수용된 선산 대신에 그 산을 쓰겠다고 정식으로 인수한단다. 그래서 요 몇 달 그거 정리하느라 바빴다. 그리고……"

아버지는 옷걸이에 걸린 양복에서 누런 편지봉투를 꺼내왔다. 그러고는 현진에게 먼저 봉투를 내밀었다. 겉봉에는 '현진이 학용품대'라고 씌어 있었다. 현진이 어쩌면 처음으로 할아버지에게 받았을 법한 봉투를 열자 그 안에 십만 원짜리 수표가 들어 있었다. 아이가 환호성을 터뜨리는 것을 아랑곳하지 않고 아버지는 놀란 얼굴을 한 아내에게 제법 두툼한 봉투를 건넸다.

"에미야, 네가 남편 하나 보고 시집왔다가 대책 없는 시애비 때문에 마음고생한 거 내가 다 안다. 이거 네 시할부지가 주는 선물이라고 생각하고 한복이라도 하나 맞춰 입어라. 내가 젊은 너희 유행도 모르고 해서 그냥 돈으로 가지고 왔다. 그래, 미안하구나, 이것저것 겸사겸사…… 다 용서해다오."

봉투에는 "메눌악아 설날 옷 해입어라"라는 글씨가 삐뚤삐뚤 쓰여 있었다. 아내는 기어이 눈물을 떨어뜨렸다.

"아버님, 제가 잘못했어요……"

숙여진 아내의 어깨 너머로 아버지의 왼쪽 눈이 열렸다 닫혔다 했다. '나 잘했지?' 하는 식으로. 저렇게 사소한 비밀조차 오래 간직하지 못하니 아버지가 사업으로 평생 빛을 못 본 게 아닐까. 나는 비평의 칼날을 엄정하게 세운 채 아내의 눈에 띄지 않게 의자를 돌려서 앉았다. 높은 곳에 있는 아파트라 전망은 참 좋았다. 햇빛이 눈부시게 환했다.

바람에 날리는 남자의 마음

  프리랜서 디자이너인 최성대는 모터바이크, 곧 오토바이를 미치도록 좋아한다. 그가 1450cc 엔진의 멀리다비두스 투어링 오토바이를 가지게 된 건 오래되지 않았다. 최신형 더블 V자 방식 엔진을 장착한 이 오토바이가 나오기 전 그는 830cc 배기량의 클래식 엔진을 장착한 '멀다(멀리다비두스의 애칭)'를 타고 다녔다. 중고품이든 신품이든, 새로 개발된 엔진이든 백 년 전의 엔진이든 멀다에는 특유의 엔진음이 있다. 성대의 표현을 빌리면 정지중에는 '끄등 끄등 끄등 끄등' 하고 야수의 심장이 헐떡이는 소리를 낸다. 일단 달리기 시작하면 '끄으으응 끄으으응 끄으으……' 한 뒤에 아무 소리도 나지 않는다. 멀리멀리, 이미 소리가 들리지 않는 머나먼 곳으로 가버리고 없기 때문이다.

7년이나 되는 연구 개발 기간을 거쳐 마침내 배기량 1450cc의 신형 엔진을 단 멀리다비두스 투어링 모터바이크가 나왔다는 소식을 접하고 그는 무슨 일이 있어도 그 오토바이를 사겠다고 마음먹었다. 그는 그 즉시 새 오토바이를 사는 데 드는 돈을 담을 수 있는 더플백 모양의 가방을 마련해서 작업실 입구에 놓아두었다. 그때부터 작업실에 들어올 때마다 몸에 지니고 있는 돈이란 돈은 몽땅 그 가방에 털어넣었다. 최소한만 먹고 자고 최대한, 때로 미친듯 일하며 돈을 가방에 몰아넣은 결과 마침내 그는 마흔번째 생일 전날에 목표액을 채울 수 있었다.

오토바이를 가지러 가던 날, 그는 아끼느라 잘 입지 않는 새하얀 순면 속옷을 입고 그 위에 오토바이의 진동을 고스란히 전달받을 수 있는 얇은 스판 바지와 몸에 착 들러붙는 검정 민소매 티셔츠를 입었다. 또 가죽 바지와 가죽 재킷을 입고 롱부츠를 신었다. 마지막으로 일 년에 몇 번 꺼내지 않는 명품 트렌치코트를 걸쳤다. 목에는 붉은 머플러를 둘렀고 머리에는 멀리다비두스의 상표가 선명한 두건을 동여맸다. 그리고 해골이 그려진 큼직한 스포츠시계를 차고 가죽장갑을 낀 한 손에는 돈가방을, 다른 한 손에는 헬멧을 들었다. 그런 차림으로 오토바이 가게가 있는 곳까지 지하철을 타고 가는 데는 쓰면 눈에 뵈는 게 없는, 얼굴의 3분의 1을 가리는 검은 스포츠고글이 큰 역할을 했다.

그는 가방째 돈을 넘기고 오토바이 가게 주인이 돈을 확인하는 동안 오토바이 구석구석을 살폈다. 열쇠를 돌리고 시동을 걸어 '끄등 끄등' 하고 어린 멀리다비두스가 터뜨리는 울음소리를 듣는 순간 그는 목이 메었고 거의 눈물을 흘릴 뻔했다. 주인이 남는 돈이라며 넘겨주는 지폐를 아무렇게나 코트 주머니에 쑤셔넣고 그는 오토바이를 끌고 가게 밖으로 나왔다. 큰길까지 나왔을 때 그는 20년 가까이 오토바이를 타온 사람답게, 아니 국내에서는 몇 안 되는 1450cc 멀리다비두스 투어링 라이더로서 자신의 차림을 세세히 확인했다. 그리고 무릎까지 내려오는 트렌치코트 단추를 아래쪽으로 세 개만 풀어서 달릴 때 바람에 코트 자락이 최대한 휘날리게 한 뒤 헬멧을 썼다.

그가 오토바이에 올라 큰길에 들어서자 다른 오토바이들도 신호가 바뀌기를 기다리고 있는 것이었다. 대부분은 250cc 미만의 오토바이였고 그와 같은 골목에서 나온, 프라이드치킨을 배달하는 스쿠터도 있었다. 야수의 목구멍 깊은 곳에서 울려나오는 듯한 '끄등 끄등 끄등' 하는 엔진 소리를 내는 멀리다비두스 앞에서 다른 오토바이들은 물론 승용차들도 목을 낮추고 있는 것처럼 그는 느꼈다. 성대는 엔진의 회전속도를 가볍게 높였다 낮췄다 해가며 신호가 바뀌면 가장 먼저 출발할 준비를 했다. 그는 다른 오토바이뿐만 아니라

차선에서 기다리고 있는 차들, 특히 날렵한 스포츠카들을 의식하고 있었다.

신호가 바뀌자마자 멀리다비두스는 사자처럼 으르렁거리면서 앞으로 뛰쳐나갔다. 출발도 가장 빨랐지만 가속력도 가장 뛰어났다. 곧바로 그의 목에 걸려 있는 머플러가 벗겨질 듯 펄럭이기 시작했다. 고글이 바람의 압력에 눌리면서 얼굴이 찌그러졌고 이윽고 그 압력은 얼굴 전체로 느껴졌다.

그는 오로지 앞만 보고 달렸다. 그의 앞에는 아무것도 없었다. 옆에서 어깨를 나란히 할 존재도 물론 없었다. 그가 의도하고 예상한 대로 트렌치코트 자락은 찢어질 듯 펄럭거리며 대기권을 탈출하는 우주선의 꼬리처럼 뒤로 뻗쳐졌다. 속도가 더해질수록 그의 만족감은 높아갔다. 그는 단추를 하나 더 풀 걸 그랬다고 생각했다. 멀리 보이는 신호등이 붉은빛으로 바뀌는 것을 보고 그는 어쩔 수 없이 속도를 늦추었다. 그가 슬쩍 뒤를 돌아보니 한참 뒤에 차들이 달려오고 있었고 그 사이를 숨바꼭질하듯 오토바이들이 따라오고 있었다. 그는 곧 고개를 돌려 멀리서 아스라이 흘러가는 강을 바라보고 있었다.

그의 뒤를 이어 가장 먼저 도착한 것은 짐 싣는 캐리어가 달린 퀵서비스 오토바이로 잘해야 배기량이 250cc나 될 듯했다. 애앵 끼이익, 하고 경망스러운 소리를 내며 그 오토바이가 멈추고 난 뒤 끼긱,

끽, 캑 하고 다른 오토바이들과 차들이 멈추어 섰다. 그는 여전히 앞을 바라보고 있었을 뿐 다른 차든 오토바이든, 푸른 가을하늘을 지나가는 비행기든 낙엽이든 뭐든 무관심했다. 그런데 그의 뒤에 도착한 오토바이에 탄 사내가 자꾸 그를 부르는 것이었다.

"아저씨, 아저씨! 아, 아저씨!"

그는 천천히 목을 꺾는 시늉을 하며 고개를 반쯤 돌렸다. 왜요, 라거나 뭐야, 하는 소리를 낼 생각도 전혀 없었다. 그냥 한번 바라보아주었다. 사내의 다음 질문은 보나마나였다. 오토바이가 몇 cc짜리냐, 어느 나라에서 왔느냐, 값이 얼마나 하느냐 따위의 속되고 저급한 질문이 쏟아져나올 것이었다. 그런데 사내는 그가 지나온 길을 손가락질하며 "저기요, 저기!" 하면서 뭐가 급한지 본론을 꺼내지도 못했다. 그는 최고 시속이 몇 킬로미터나 되느냐는 또다른 질문인줄 알고 약간 짜증스럽게 대꾸했다.

"아, 왜애⋯⋯요?"

사내는 그제야 말문이 터진 듯 자신이 타고 있는 오토바이 엔진소리처럼 재빠르게 떠들어대기 시작했다.

"아저씨, 아저씨 바바리 주머니에서 돈이 나와서 바람에 다 날아갔어요. 길 가던 사람들이 그거 줍느라고 난리가 났는데 그거 몰랐어요? 돈을 왜 바바리 주머니에 넣고 다니지? 안주머니 없어요? 바지 주머니는? 지갑은? 그냥 한번 그렇게 해본 거야? 돈 자랑하고 싶어서……요?”

　그는 뭐라고 대꾸를 하려 했다. 해보려고 했다. 그런데 바로 그때 신호가 바뀌면서 오토바이들이 왱, 오앵, 바아앙 하면서 앞으로 튀어나가는 것이었다. 그는 그대로 있어야 할지 따라가야 할지 망설이다가 비명을 질렀다.

　“아이고매, 내 돈 내 돈!”

마을 발전 사업

　달봉마을에 공무원들이 자주 들락거리기 시작했다. 군수가 달봉마을을 획기적으로 발전시킬 프로젝트를 계획해서 예산을 올리라는 지시를 내렸기 때문이었다. 달봉마을은 군수의 고향마을과 산 하나를 사이에 두고 있었으며 30여 가호가 모여 사는 평범한 농촌마을이었다.

　달봉마을이 주목을 받기 시작한 건 군수의 친구인 대통령(그때는 당선자 신분이었다)이 지나가는 길에 마을 이름을 묻고는 "저 산에서 올해 정월대보름에 달맞이를 하면서 불놀이나 하면 딱 좋겠소" 하고 언급한 뒤에 군수와 기념사진을 찍은 뒤부터였다. 군수를 수행한 문화관광체육과장은 '달봉마을'의 이름이 원래 '달을 맞는(迎) 마을'

이라는 뜻이라고 떨리는 목소리로 설명했다.

군수는 그때 달봉마을에서 대통령 당선자와 같이 찍은 사진 하나만으로 다음에 치러진 선거에서 압승을 거뒀다. 경쟁 후보에 비하면 유세도 거의 하지 않았고 초선 군수 시절 군민들의 살림살이를 팍팍하게 만들었다는 비난에는 일절 상대하지 않았으며 구체적인 공약을 제시하지도 않았다. 그저 법이 허용하는 한도 내에서 최대한 많이 내건 현수막에 대통령과 찍은 사진을 잘 보이도록 배치했고 기호와 이름을 표시한 게 다였다. 현수막에만 집중했으므로 다른 후보에 비해 절반 정도의 비용만 들어갔다. 어쨌든 군수는 가볍게 재선에 성공한 뒤 달봉마을의 공덕에 보답이라도 하듯 공무원들을 마을로 보낸 것이었다.

달봉마을은 어머니처럼 부드러운 산세로 푸근하게 마을을 감싸 안는 달봉을 배후에 두고 있어 그런 이름이 붙었다. 달봉은 실상 달과는 아무런 상관이 없고 '다락'처럼 높이 솟은 언덕 형상이어서 그런 이름이 붙은 것이라고 주장하는 지역의 지명연구가도 있었지만 마을 사람들은 아무도 신경을 쓰지 않았다. 그런 걸 몰라도 수천 년 대대손손 살아가는 데 아무런 문제가 없었으니까.

'리서치'와 '스터디'를 거듭한 공무원들이 내놓은 '마을 발전發展 방안'은 서너 가지로 압축되었다. 최종적으로 공청회를 거쳐 군의회에서 확정한 방안은 달봉마을을 '발전의 상징'으로 만드는, 정확하게는 달봉마을에서 전력을 발전發電해내는 풍력발전기를 설치한다는 계획이었다. 사시사철 바람이 부는—평균 풍력이 초속 5미터 이상인—달봉마을의 지리적 이점을 최대한 활용해 풍력발전기를 세움으로써 전력도 생산하고 거대한 풍차 같은 볼거리도 제공하면 관광객들이 몰려와서 달봉마을이 진정 발전하지 않겠느냐는 청사진이 제시되었다.

달봉마을에 풍력발전기를 건설하는 일은 대통령과 군수의 친분은 전혀 언급되지 않은 채 중앙정부의 '환경 친화적인 지속 가능 상생 발전 모델 시범사업'으로 선정되어 예산 지원을 받게 되었다. 사기가 한껏 고무된 군수는 최첨단 풍력발전 기술을 가진 유럽의 대기업에 풍력발전기 건설을 맡기려 했다. 군내 고등학교의 외국어 교사들에게 부탁해 이메일로 만들어 보낸 공사의뢰 제안서는 몇 시간 만에 '공사 불가'라는 답변으로 되돌아왔다. 풍력발전기 한 기 건설하자고 유럽에서 한국의 농촌마을까지 기술자와 장비, 자재를 보낼 수는 없다는 것이었다. 건설단가 역시 턱없이 높아 예산을 훨씬 넘어섰다. 군수와 보건산업자치과장이 마주앉았다.

"대한민국에는 풍력발전기 제대로 만들고 건설할 회사가 없나? 올림픽도 성공리에 치른 나라인데?"

"십몇 년 후에는 몰라도 지금은 거의 없는 것 같습니다."

과장의 예언은 맞았다. 어쨌든 십여 년 전 그 당시에 바람 잦은 농촌마을에 풍력발전기를 건설하려면 지자체에서 많은 것을 알아서 해야 했다. 공무원들은 몇 달간 전국 방방곡곡의 풍력발전 관련 시설을 돌아다녔고 마침내 달봉마을에 풍력발전기를 건설해줄 회사를 찾아냈다. 생긴 지 얼마 되지 않은 회사여서 머뭇거리는 기색이 역력했지만 재빨리 예산을 송금했고 무수한 시행착오와 3년에 걸친 공기工期 끝에 풍력발전기가 달봉마을에 설치되었다.

기둥 높이 45미터, 날개 길이 23.5미터, 날개 끝이 하늘로 가장 높이 올라갔을 때는 높이가 70여 미터에 달하는 거대한 풍력발전기는 600킬로와트의 발전능력으로 달봉마을 전체에 충분한 전기를 공급하고도 남았다. 풍력발전기가 건설되는 동안 달봉마을에는 1년 365일 안전하게 쥐불놀이를 즐길 수 있는 '불장난 광장'이 만들어졌고 '보름달극장'에서는 읍내 초등학교 학예회의 학춤 공연을 변용한 '물불 가리지 않는 새' 공연도 벌어졌다. 달봉마을 특산품 매장과 식당, 마을회관을 리모델링한 펜션도 만들어졌다. 전에 없던 이런저런 시설이 생겨서 마을 전체에서 필요로 하는 전기가 다른 농촌마을의 두세 배는 더 들어가게 되었으므로 풍력발전기의 중요성은 더욱 커졌다. 마을 주민들은 풍력발전기가 완공되면 더이상 전기요금을 내지 않아도 될 거라는 기대에 부풀었다. 그러고도 남는 전기는 다른 마을에 팔아서 주민들이 수익을 일부 나눠 가질 수도 있다고 했다.

힘차게 날개가 돌아가는 풍력발전기는 달봉마을의 밝은 미래를 상징하는 것처럼 보였다. 마을 앞 4차선으로 지나가던 차들도 잠시 멈춰 서서 새롭게 '바람의 언덕'으로 명명된 달봉에 세워진 풍력발전기를 구경하고 기념사진을 찍어갔다. 달봉마을 안으로는 좀체 들어오지 않았다. 사진만 찍어가서 SNS에 올리는 게 고작이었다.

가동 일주일 만에 풍력발전기는 고장이 나고 말았다. 바람개비를 돌리는 외국산 부품과 다른 국산 설비가 제대로 조화를 이루지 못해서였다. 외국산 신형 부품을 새로 들여와 교체하는 데 풍력발전기 건설에 들어간 비용의 4분의 1쯤 들어갔다. 6개월 만에 수리는 끝났고 풍차, 아니 풍력발전기는 마을 사람들이 날개 소리에 밤잠을 설칠 정도로 힘차게 돌아갔다. 그런데 그게 너무 세게 돌아간 모양인지 한 달 만에 발전에 필수적인 핵심부품이 고장나버렸다. 그 덕분에 신생 풍력발전 회사는 많은 경험과 기술을 축적할 수 있었다. 그 뒤 1년 동안 두 번이나 더 고장이 났고 마침내 군의회에서 고심에 찬 결정이 내려졌다.

오늘도 달봉마을의 풍력발전기는 윙윙거리는 날개 소리와 함께 힘차게 돌아가고 있다. 다만 그 풍력발전기는 전기를 생산하는 게 아니라 외부에서 전기를 공급받아 날개만 돌리고 있을 뿐이다. 마을 사람들은 밤에는 잠이나 제대로 잘 수 있도록 '그놈의 전기 먹는 하마'를 꺼놓는다고 한다.

인간의 예의

조선시대 방식 그대로 만든 문짝을 트럭에 싣고 가는 친구 만호를 따라나선 길이었다. 조선시대 한양에서 어느 대감이 살던 집을 뼈대만 가져다가 풍광 좋은 산중턱에 고래등같은 기와집으로 지어놓은 그 한옥은 대문 안에 들어서기도 전에 주눅이 들게 만들었다. 집안의 조상이 누구인지도 잘 모르는 나로서는 조선시대 양반들이 살던 대갓집을 구경해본 적도 없었다. 마당에는 갖가지 나무와 꽃이 심어져 있었고 아담한 바위로 둘러싸인 연못으로는 산에서 끌어들인 맑은 물이 졸졸거리며 흘러들고 있었다.

문짝을 내리고 나서 방으로 들어가 집주인에게 인사를 했다. 이미 집주인과 여러 번 만난 적이 있는 만호는 열 살쯤 더 많다는 집주인을 몹시 어려워하는 눈치였다. 만호의 가게에서는 헌 집을 철거할 때 나오는 민속공예품이며 서민들이 오래도록 써온 생활용품을 주로 취급했다. 운이 좋으면 이따금 골동품에 해당하는 물건을 건질 수도 있지만 큰돈이 되었다는 이야기는 들어본 적이 없었다. 그런 물건이 나오면 작은 이익을 붙여주고 재빨리 낚아채가는 사람들이 있기 마련인데, 바로 집주인이 그런 부류의 사람이었다. 한눈에 보기에도 그가 만호와 거래를 하는 이유는 가게가 집에서 가깝다는 것과 만호가 다루기 쉽게 어수룩한 사람이기 때문이었다.

"선생님, 저 소나무가 엄청 비싸다면서요?"

만호가 못 물어볼 것을 물어본 것도 아닌데 집주인은 눈을 내리깔고 만호를 바라다보았다.

"일반 소나무가 아냐. 금강송, 홍송, 미인송, 춘양목 이런 이름이 붙은, 우리나라 소나무 중에서도 최고 가는 나무를 갖다가 심은 거라고. 금강산 주변에서 많이 자란다고 해서 금강송, 붉다고 해서 홍송, 미인처럼 늘씬하게 잘빠져서 미인송, 일제 때 왜놈들이 봉화 춘양으로 저 소나무를 많이 실어냈다고 해서 춘양목이야. 한 그루에 몇억씩 하는 것도 있어."

그가 말을 하고 있는 사이에 젊은 여자가 들어와서 포도가 세 송이 담긴 하얀 접시를 내려놓고 나갔다. 그런데 접시를 내려놓은 곳이 집주인의 손에는 쉽게 닿는 곳이지만 우리가 손을 뻗치기에는 조금 부담스러운 거리에 있었다. 집주인은 먹어보라는 말도 하지 않고 긴 손가락으로 포도알을 뜯어서 입으로 가져갔다. 이어서 쪽, 하고 알을 빨아들이고 퉤, 하고 씨와 껍질을 뱉어냈다. 한번 맛을 보고 나서는 두 알을 뜯어서 입으로 가져가서는 쪽, 쪽 하고 속을 빼먹고 껍질과 씨를 뱉어서 접시에 쌓기 시작했다. 단맛이 섞인 강렬한 포도 향기가 내 코를 습격했다. 하지만 먹어보라는 말을 하지 않으니 손을 뻗을 수가 없었다.

"그러면 저 키 큰 나무는요?"

만호는 포도에는 곁눈질도 하지 않은 채 진지하게 묻고 있었다.

"그거는 회화나무. 학식이 높은 선비가 사는 집이나 반가의 후원에 심는 거야. 잘 봐. 나뭇가지가 제멋대로잖아. 저런 게 선비의 지조나 절개를 상징한다고 해서 학자수라고 불렀어. 그래서 기개 있는 선비들이나 사대부가 사는 집에 심었던 거지."

집주인은 말을 하면서도 한시도 쉬지 않고 포도를 빨아먹고 씨와 껍질을 뱉어내고 있었다. 갑자기 배가 아파왔다. 만호와 함께 오다가 점심으로 먹은 육개장에 벌건 기름이 너무 많은 것 같았는데 그때문인지도 몰랐다. 다행스럽게도 싸르르 아프던 배가 조금 나아지며 방귀가 새어나왔다. 별다른 소리도 나지 않았고 냄새도 없었다.

"내가 저 매화하고 난초하고, 백리향, 모란 이런 거 갖다가 심느라고 얼마나 고생한 줄 알아? 이 촌동네에서 조경한다고 하는 놈들 전부 다 사기꾼이야. 택도 없는 나무를 갖다놓고 돈은 서울 두 배 세 배를 불러. 속으면 좋고 안 속으면 말라는 식이야."

그러면서도 집주인의 손가락은 쉬지 않았다. 쪽, 퉤, 쪽, 퉤. 작은 엔진처럼 그의 손과 입은 가동되며 포도송이를 쓰레기로 만들어가고 있었다. 나는 다시 배가 아파오는 것을 느꼈지만 이번에도 방귀로 전환하는 데 성공했다. 은근히 기뻤다.

"무식하면 자네처럼 배울 자세라도 되어 있어야 되는데, 여기서는 무식한 놈이 용감하기까지 해."

만호는 빨리 일어날 생각은 하지 않고 칭찬인지 깔보는 것인지 모를 말까지 들어가며 열심히 질문을 하고 있었다. 할 일이 없던 나는 집에 세워진 기둥을 살펴보았다. 언젠가 어느 목수에게 들은 말에 따르면 기둥은 나무의 뿌리와 줄기, 남쪽과 북쪽에 맞춰서 세워야 했다. 그게 바뀌면 언젠가는 나무가 틀어지거나 금이 가고 만다는 것이었다. 그런데 그 집의 기둥은 남쪽 방향의 나이테가 북쪽보다 훨씬 조밀한 것이 방향이 틀린 게 분명했다. 은근히 즐거워졌다. 그러자 또 방귀가 살며시 비어져나왔다.

이제 접시 위의 포도송이에서 한 송이만 제외하고 포도알은 거의 다 뜯겨져나갔다. 집주인은 잠시 포도 먹는 일을 멈추었다. 하지만 남은 포도송이를 우리에게 양보할 생각은 전혀 없는 듯 손가락을 접시에 대고 있는 채였다. 그는 집을 지을 때 터 닦기부터 완공까지 얼마나 무지막지한 인간들에게 시달렸는가, 무식한 사람들과는 이야기가 안 통한다는 것을 얼마나 절감했는지, 왜 편안한 서울을 빠져나와서 이 고생을 하고 있는가에 대해 얼마나 뼈저리게 후회하는지 등등의 이야기를 계속 늘어놓았다. 지루한 이야기가 계속되면서 내 방귀도 계속 비어져나왔다. 싸르르 하고 배가 아프다가도 허리를 좌우로 틀면 그 감각이 아래로 내려가며 기화하는 듯 아랫배가 살짝 부풀었다 살며시 방귀로 나왔다. 이제는 자유자재로 조절을 할 수도 있을 것 같았고 오히려 그 느낌을 즐길 수도 있게 되었다, 은밀하게.

주인은 다시 게걸스럽게 포도를 먹기 시작했다. 그에 대한 조건반사처럼 나의 방귀도 계속 터져나왔다. 소리도 없이, 냄새도 없이. 만호만은 여전히 열심인 얼굴이었다. 마침내 주인은 포도의 마지막 한 알을 다 먹고는 손바닥으로 보랏빛이 된 입술 아래를 닦았다. 그러고는 내게 고개를 돌리더니 정면으로 쏘아보며 말하는 것이었다.

"거 방구 좀 고만 뀔 수 없어? 나가서 뀌고 오든가. 사람이 예의가 없어. 재미 들이면 똥까지 싸겠구만."

미안해할 줄 알다

    내가 막 사십대에 진입했을 무렵, 사업이 자리를 잡고 한숨을 돌리기 시작했을 때의 일이다. 회사의 경영과 세금, 대외적인 이미지, 개인적인 선호도 등등 여러 가지를 감안해 독일제 승용차를 샀다. 아니 정확히는 내가 대표로 있는 회사 명의로 리스를 해서 타고 다녔다. 리스를 했다고는 하지만 회사에서는 나 말고는 그 차를 타려는 사람이 없었다. 사고라도 나면 엄청난 수리비가 나오고 수리에 시간이 많이 걸릴 텐데 그게 비록 보험으로 처리된다고 하더라도 결국은 회사의 손해나 나의 불편으로 돌아올 터였다. 워낙 내가 그 차를 애지중지하고 있다는 것을 회사 구성원 모두가 알고 있었다.

    회사가 있는 강남의 고급 주택가까지 강북에서도 최북단에 가까운 서민적인 동네에서 매일 출퇴근을 하려면 여러 종류의 시선을 의식하게 마련이었다. 특히 내가 사는 동네는 오래전에 만들어진 골목과 왕복 2차선의 좁은 도로가 많아서 차폭이 넓은 차가 다니기가 쉽지는 않았고 길가에 무단으로 주정차된 차들로 정체가 일어나기 일쑤였다. 막상 불법 주정차를 한 사람들에게 한마디하려다보면 동네 조기축구회 멤버거나 우연찮게 동네 생맥주 집에서 알게 된 친구였다. 꼭 그 사람이 아니라 해도 한 다리 건너면 다 알 만한 사람이 사는 동네여서 나는 좀처럼 그 동네를 떠날 생각을 하지 못하고 있었다.

내가 타고 다니던 차는 우리 동네에서는 지나가는 것조차 보기 어려운 최신, 최고급 승용차였다. 차체에 먼지가 많이 앉아 이틀이 멀다 하고 세차를 하는 판이라 언제나 집에서 키우는 강아지의 콧등처럼 기름이 잘잘 흘렀다.

그러던 어느 오후 몸살 기운이 있어서 조금 일찍 퇴근해 동네 근처까지 온 길이었다. 낯익은 네거리의 신호등 불빛이 바뀌려는 것을 보고 나는 브레이크에 발을 얹었다. 내 앞에는 다른 차들이 없었으므로 나는 부드럽게 속도를 늦추어 여유 있게 차를 멈추었다. 그런데 어느 순간, '탁' 하고 꼭 뒤통수 언저리에서 라이터 부싯돌이 켜지는 것 같은 느낌이 들었다. 반사적으로 뒤를 돌아다보았지만 차 안에는 아무것도 없었다. 좌우를 살피고 계기반을 보고 하다 사이드미러를 보니 내 차 뒤에 있던 차, 정확하게는 낡다못해 폐차장에 가기 직전의 고물에 가까운 택시의 운전자가 다가오는 게 보였다. 무슨 시빗거리라도 생겼나 싶어 나는 약간 긴장했다. 택시기사는 운전석 곁으로 다가와 유리문을 톡톡 두드렸다. 나는 유리문을 3분의 1쯤 내리고 무슨 일이냐고, 최대한 목에 힘을 주어 무게 있게 물었다.

"아저씨, 잠깐만 내려보세요. 잠깐이면 돼요."

"왜 그러세요? 나 바빠요."

"아니 차 뒷부분을 좀 봐주시면 된다니까. 내려서 잠시만 와보세요."

택시기사의 나이는 육십대 초반으로 보였고 눈꺼풀은 빠르게 떨리고 있었으며 짧은 머리는 턱수염처럼 잿빛이었다. 키가 크고 마른 체형에 몸에 꼭 끼는 제복을 입고 있었는데 세탁을 해도 잘 지워지지 않을 묵은 때가 묻어 있었다. 다른 것도 아니고 차에 문제가 생겼을 수 있다니 등한시할 수가 없었다. 일단 차에서 내려서 차 뒤로 돌아가자 꿇어앉다시피 앉아서 내 차의 범퍼를 만지고 있는 택시기사가 보였다. 나는 소스라치게 놀라서 소리를 질렀다.

"뭐야, 박은 거예요? 차를? 내 차를?"

택시기사는 고개를 급하게 흔들었다. 내 차의 빛깔과 다른 페인트가 범퍼에 묻어 있었다. 택시기사는 꾀죄죄한 제복의 소매 부분으로 그 페인트 자국을 싹싹 훔쳐냈다. 나중에는 손에 침을 발라서 계속 문지르며 애원하듯 나를 올려다보았다.

"아녜요. 괜찮아요. 괜찮죠? 봐요, 별문제 없잖아요."

"괜찮기는 뭐가 괜찮아! 지금 남의 새 차를 뒤에서 대책 없이 박아놓고 그게 할 소리예요!"

흥분한 내가 소리치자 택시기사는 어쩔 줄 몰라하며 천천히 몸을 일으켰다. 순간적으로 그의 눈에서 열 길 물속보다 깊다고 말할 만한 고뇌와 번민이 느껴졌다. 그는 정말 어쩔 줄 모르고 쩔쩔매다가 갑자기 두 팔을 들어 나를 껴안으려 했다. 내가 반사적으로 몸을 피하자 그는 손바닥으로 철썩, 소리가 나게 내 등짝을 내리쳤다.

"미안해요, 아저씨!"

그러고는 또다시 몸을 굽혀 소매로 내 차의 범퍼를 정성껏 닦았다. 나는 등짝이 따가워 몸을 뒤틀면서 그의 목덜미에 번질거리는 땀을 보았다. 그는 손으로 뽀득거리는 소리가 나도록 범퍼를 문지르면서 계속해서 미안하다고 말했다.

그가 왜 내 등짝을 때렸는지 이해할 수는 있었다. 그는 자신이 할 수 있는 최대한의 사과를, 엉겁결에 손바닥으로 표현한 것이었다. 자세히 보니 범퍼에 묻었던 페인트 자국은 사라졌고 뒤차의 번호판을 고정하는 나사 머리만한 자국이 희미하게 두 개 나 있었다. 흠이라면 흠이고 아니라면 그냥 무시할 수도 있었다. 어느새 신호가 바꿰었고 뒤에 서 있던 차들이 경적을 울리기 시작했다.

"아, 됐어요. 가세요, 그냥. 길바닥에 차 세워놓을 수는 없으니까 일단 가시라고."

나는 운전석으로 돌아가서 차를 출발시켰다. 범퍼에 자국이 남을지 그렇지 않을지 알쏭달쏭했다. 택시기사에게서 연락처라도 받아뒀어야 한다고 운전대를 치며 자책했다. 지정 정비센터에 차를 가져가면 범퍼를 통째 갈라고 할 수도 있었고 그냥 넘어갔다가는 자동차 리스 회사에서 문제를 삼을 수도 있었다. 고칠 경우에 택시기사에게서 수리비를 받아낼 수 있을까. 그게 안 되면 회사 비용으로 처리를 해야 할까. 복잡한 생각이 꼬리에 꼬리를 물었다. 그러면서 네거리를 두 개쯤 지나다 다시 신호에 걸려 멈춰 섰다. 오른쪽 차선에서 빵빵거리는 경적음이 들렸다. 보니 아까 그 고물 택시였다. 택시기사가 유리문을 열라고 손짓을 보냈다.

"아, 왜요! 또!"

내가 유리문을 내리고 소리치자 택시기사는 왼손을 입가에 대서 나팔 모양으로 만들고는 소리치는 것이었다.

"미안해요, 아저씨! 정말 죄송하다고요!"

신호가 바뀌자마자 나는 최대한 빨리 차를 출발시켰다. 그가 계속 미안하다고 외치면서 따라오는 것 같아서 집이 아닌 방향으로 차를 몰아가면서까지 도망갔다. 결국 그의 택시는 보이지 않게 되었다.

그의 손바닥에 맞은 등짝은 한동안 후끈거렸다. 그 느낌은 단추 자국만한 흠보다 훨씬 더 오래 기억에 남아 있었다.

도를 아십니까

A교수가 여행에서 돌아왔다. 그가 카페 문을 밀고 들어서는 순간, 나는 웬 젊은이인가 했다. 그의 인상이 전과 판이하게 달라진 것은 머리 때문이었다. 머리는 한 인물의 생김새를 구성하는 일반적 요소, 이목구비耳目口鼻와 얼굴 빛깔에 비해서는 부차적인 것처럼 여겨지지만 실제로는 20년이나 알아왔던 사람을 한순간 몰라보게 할 정도로 큰 역할을 한다는 것을 깨달았다.

그는 삼십대 초반에 처음 만났을 때부터 새치가 많았다. 삼십대 중반에 들어서는 반백이라고 불러도 좋을 정도가 되었다. 사십대에는 머리가 빠지기 시작하면서 백발의 경지에 들어섰다. 하지만 그는 스스로의 머리 상태에 대해 크게 신경을 쓰지 않았다.

"정 안 되면 염색을 하든지 가발을 쓰지 뭐."

말은 그렇게 했지만 그는 단 한 번도 머리 염색을 하지 않은 것은 물론이고 가발의 '가' 자도 알아보지 않았다. 1년에 365일에서 공휴일을 뺀 숫자만큼의 책을 독파하는 그로서는 머리카락에 들일 돈이며 머리 관리에 바쳐야 하는 시간, 에너지가 아까웠을 것이다. 그 돈이면 책을 몇 권 더 살 수 있을 것이며 그 시간이면 책을 몇백 페이지를 더 읽을 테니 말이다.

그러던 그가 오십을 넘기면서 방학을 이용해 보름 가까운 시간 동안 중국을 다녀온 것이다. 중국에 있는 동안 대부분 책을 찾거나 책방에서 보내다 온 줄 알았는데 그건 오산이었다. 마주앉아 자세히 보니 머리는 새치 하나 없이 검었고 윤기가 흘렀으며 머리카락 수도 이전과 비교할 수 없이 많아졌다. 가발을 쓴 사람에게나 생길 수 있는 변화였다.

"아니, 이거 백 퍼센트 자연산일세."

그의 말을 믿을 수 없어 실제로 나는 그의 머리를 힘주어 당겨보기까지 했다. 그는 "아야" 하고 비명을 질렀다.

"이게 웬일. 홍해의 기적이야, 맹물이 포도주로 바뀐 거야? 무슨 일이 있었던 겁니까?"

그러자 그는 웃지도 않은 채 믿기 어려운 이야기를 해주었다. 중국에 도착한 그는 중국의 어떤 교수에게서 최근 도교의 양생술을 복원한 젊은 도사가 운영하는 도관 이야기를 들었다고 했다. 도교는 옛날부터의 민간신앙에 역리·음양·오행·참위·의술·점성 등의 법술이 보태져 복잡한 양상을 보이지만 구체적으로는 신선술에 기반한 장생불사와 현세의 길복을 이룩하는 것을 목적으로 삼고 있다. 이에 따라 호흡조절調息, 솔잎이나 대추 먹기辟穀, 요가와 체조의 요소를 포함한 도인술導引術, 방중술房中術, 단학丹學 등의 다양한 방법으로 질병치료에서 불로장생까지 연결되는 도교의학이 성립했다. 이처럼 겉보기에는 실용적으로 보이면서 현실적으로 실현 불가능한 비실제적인 것을 전문으로 하는 예술이 있으니 그걸 문학이라고 부르기도 한다.

"얼마나 깊은 산골짜기에 박혀 있는지 그 도관 찾아가는 데만 이틀이 걸렸어. 큰 힘이 있는 사람의 소개장을 가지고 갔는데도 입장하기까지 하루 꼬박 기다렸고."

도관에 들어선 그의 눈에 수십 명의 사람이 수련을 하고 있는 게 눈에 들어왔다. 대개는 몸에 어떤 질환이나 장애가 있는 사람들로 증세에 따라 다른 방식의 수련을 하고 있었다고 했다. 국적 또한 다양했는데 대개는 중국계, 곧 화교이고 돈이 많은 사람들로 보였다고 한다.

"그 사람들 어지간한 병원에는 다 가보고 치료가 잘 안 됐기 때문에 마지막에는 거기까지 온 거지."

그 역시 그곳에 들어가려면 무슨 결정적인 질환이 있어야 했지만 소개해준 중국 교수 덕분에 머리카락이 검어지고 많아지도록 평생을 소원해온 사람으로 도관에 받아들여졌다. 도사는 머리카락 따위에나 연연하는 사람으로 비춰진 그에게 가장 초보적이면서 얕은 수준의 수련법을 가르쳐주었다.

"기본적인 체조나 운동, 명상 같은 거는 다 같이 하지만 그 도사가 나한테 콕 찍어서 하라고 한 수련법은 밥 먹을 때 한 숟가락에 서른여섯 번을 씹으라는 거였어."

이야기를 듣고 있던 세 사람이 거의 동시에 "설마? 그게 다요?"하고 반문했다. 물론 내 목소리가 가장 컸다. 그는 고개를 끄덕거렸다.

"그냥 맨밥을 입에 넣고 서른여섯 번 씹는 거야. 좌우 어금니 사이에 넣고 골고루 서른여섯 번을 씹다보면 밥은 죽이 돼버려. 삼키지 않으려고 해도 자연스럽게 목으로 넘어가더라고. 그러는 동안에는 수저를 식탁에 놓고 씹는 데만 집중해. 먹고 씹고 넘기고 하는 단순한 동작이 처음에는 도저히 무슨 수련 같지를 않더라니까. 그런데 이걸 밥 한 끼 먹는 동안 계속한다는 게 쉽지는 않더라고. 해봐, 해보면 알아."

입은 인간의 소화기관 중 가장 앞쪽에 있는 중요기관이다. 입속에서 음식을 잘 부수고 침에 섞인 소화효소를 잘 섞어 위로 보내면 위나 다른 소화기관의 부담이 훨씬 줄어들 뿐 아니라 영양의 흡수율이 훨씬 높아진다. 씹는다는 물리적 행위는 뇌를 자극해서 전두엽을 활성화시키니 두뇌 활동이 왕성해지고 얼굴 근육을 고루 발달시켜서 표정과 미감을 좋게 만들기도 한다. 또 오래 씹다보면 시간이 걸려 포만 중추가 작동하게 되고 덜 먹게도 되므로 다이어트 효과도 크다. 잘 씹는 건 그만큼 중요하지만 식품가공산업과 외식문화가 발달하면서 우리가 먹는 대부분의 음식이 지나치게 부드러워지고 청량음료를 과잉섭취하게 되어 현대인은 씹는 것의 중요성을 거의 잊어버렸다.

아무리 그렇다 해도 단지 밥 먹을 때 한 숟가락의 밥을 서른여섯 번씩 씹었다는 것으로 없던 머리가 다시 나고 흰머리가 검은 머리가 되었다는 걸 믿을 수는 없었다. 하지만 파뿌리 같던 흰머리가 시커먼 솔숲 같은 머리카락으로 변한 실물이 눈앞에 있고 평생 거짓말이라고는 할 줄 모르고 살아온 학자의 입에서 나오는 증언이니 부인할 수도 없었다. 이러지도 저러지도 못하고 있다가 "쌀이 백 년 묵은 특수한 쌀이거나 산삼 썩은 물로 밥을 한 모양이네. 암튼 축하합니다" 하고 말해주고는 다른 화제로 넘어갔다.

몇 달 후 우연히 어떤 자리에서 A교수 이야기가 나왔다. 그의 경험담을 이야기했더니 반응이 폭발적이었다. 도대체 어디에 있는 어떤 도관이며, 거기에 가려면 어떻게 해야 하는가 알고 싶다는 것이었다. 좌중의 강요로 나는 A교수에게 전화를 해서 연락처를 물어볼

수밖에 없었다. 그러자 그는 뜻밖에도 그곳이 없어지고 도사는 행방
불명이 되었노라고 우울한 어조로 말해주었다.

"중국 교수한테 들었는데, 도관에서 반신불수 병을 고친 무슨 사
업가가 있었나봐. 경영마인드를 도입해서 도관을 크게 홍보하고 체
인점을 내서 사업화하자고 제안한 거지. 세상물정을 전혀 모르는 도
사가 거기에 휘말려서 제자를 양성하네, 양생술 매뉴얼을 만드네 하
는 중에 그 사람이 수백 군데서 체인점 보증금으로 거금을 받아서
는 들고 튀었다네. 돈 떼인 사람 중에는 공산당 고위간부도 있고 중
국 흑사회 멤버도 있었다더라고. 도사도 권력이나 폭력, 살인 위협
앞에서는 어쩔 수가 없었는지 도망치고 말았대. 돈 한푼 없이, 온 모
습 그대로. 그 바람에 몇천 년 만에 되살아난 도교의 양생술도 같이
사라져버렸는데 언제 다시 나타날지 아무도 모르게 됐다는 거지. 전
세계적, 인류적 손실이고 욕심이 부른 참화지."

전화기를 든 손에 힘이 빠져나가면서 정말 그 도사가 인류에게
불로장생과 영원한 미와 건강을 누리게 해줄 기적적인 비법을 가지
고 있었던 것처럼 느껴졌다. 놓친 고기가 큰 법이라서 그런 것일까.

우리도 저들처럼

　P에게는 새로 온천이 생겼다 하면 덮어놓고 찾아나서는 버릇이 있었다. 그러므로 P는 온천에 관해서 웬만한 전문가 못지않은 식견과 정보를 가지고 있었다. 가령 어느 곳의 온천이 단순천이네 탄산천이네 유황천이네 하는 것부터 산성도가 얼마며 신경통, 위장병, 류머티즘 관절염, 수족냉증, 부인병 등등에 실제로 효과가 있는지, 온천욕을 마치고 나서 근처 어디에 가서 뭘 먹으면 좋다는 것까지 훤히 꿰고 있었다. 그런가 하면 온천으로 가는 어떤 도로가 무슨 고속도로에 연결되고 터널을 몇 개 지나며 근처에 올라가볼 만한 산과 가볼 만한 명소가 어디인지에 관해서도.

　P에 의하면 한국에서는 온천을 '지하로부터 용출되는 섭씨 25도

이상의 온수로 그 성분이 인체에 유해하지 아니한 것'이라고 법으로 규정하고 있다고 한다. 넓은 뜻의 온천은 물리적·화학적으로 보통의 물과는 성질이 다른 '천연의 특수한 물'이 땅속에서 지표로 나오는 현상을 말한다. 온천수가 보통의 물과 구별되는 '특수한' 물리적 성질을 가지려면 온도가 최소 인체의 온도(36.5도) 이상이어야 하고 물에 한번 몸을 담그면 나오기 싫을 만큼 안온하고 비누가 필요 없고 온천을 마치고 나면 젊음과 탄력과 매끈함을 회복한 느낌을 주는 온천이 좋은 온천이라고 했다. 이런 식으로 P가 전국 500여 개의 온천 가운데 숨어 있는 좋은 온천에 대해 이야기를 하기 시작하면 주변에 있는 사람들은 얌전한 청중이 되어 경청하곤 했다. 절대로 손해 볼 건 없었으니까. 때로는 P가 말한 곳으로 가족들을 데리고 가서 점수를 딸 수도 있고.

최근 P는 자신의 고향 인근에 오래도록 개발된다고 소문으로만 떠돌던 온천이 마침내 조용히 개장했다는 사실을 알게 되었다. 온천이 나왔다는 소식이 알려진 15년 전에는 인근의 땅값이 20배까지 폭등해서 거기서 농사를 짓던 사람들에게 조상들 누구도 겪지 못한 허탈감을 안겨주기도 했다. 온천수가 나오기도 전에 미리 비밀스러운 투자정보를 알고 들어온 외지의 투기꾼들이 현지 농부들이 대대로 물려받아온 땅을 약간의 웃돈을 주고 계약을 마쳤고 소유자가 대도시의 돈 많은 사람들로 바뀌고 또 바뀌면서 가격이 폭등했을 뿐 정작 현지인들에게는 돌아간 실익이 별로 없었기 때문이었다. 유기농 농사를 짓는 현지의 일부 농부들과 온천 하류 쪽 지역 사람들은 환경오염과 파괴를 이유로 대대적인 개발 반대운동에 나서기도 했다.

어쨌든 막상 온천의 뚜껑을 열고 보니 수량이 예상외로 많지 않았고 온도도 겨우 30도를 상회하는 정도라서 개발할 만한 실익이 별로 없었다. 그 온천은 그로부터 십수 년간 어둠 속에 잠겨 있었다. 그러다 서울에서 바로 연결되는 고속도로가 생기면서 다시 개발을 해보겠다는 업자가 나선 것이었다. P는 뉴스를 접하는 순간 지체 없이 아파트 주차장으로 내려가 내비게이션에 오랜만에 고향의 이름을 찍었다.

고속도로는 한산했다. 민자고속도로라는데 운영이 제대로 될지 걱정될 정도였다. 통행량이 적어 장사가 잘 안 된다고 이미 만든 고속도로를 폐쇄한 예는 없겠지만 고향의 자연과 닮은 심성을 가진 P는 고속도로를 타고 가면서 왠지 모를 미안함을 느꼈다. 걱정은 온천에 가서도 계속되었다. 새로 생긴 온천이라는데 지역 인근에서 온 듯한 후줄근한 모양의 트럭과 승용차만 수십 대 서 있을 뿐 이미 절반 정도는 찢겨져나간 공중의 만국기처럼 을씨년스러운 분위기였다. 그래도 건물 뒤쪽에서 피어오르는 수증기가 승천하는 이무기처럼 기운차게 하늘로 뻗쳐올라가는 것을 보며 용기를 얻은 P는 약간 비싼 느낌의 입장료를 지불하고 온천탕 안으로 들어섰다.

욕장 내부 남성용 탈의실은 넓고 조용했다. 아직 시설이 제대로 갖춰지지 않아 그런지 일반 공중목욕탕에도 있는 냉장고가 없었고 이발소 표지도 보이지 않았다. 표 받는 남자에게 샴푸가 있느냐고 묻자 남자는 그런 질문은 처음이라는 표정으로 없다고 했다.

욕탕 내부는 깔끔했다. 아직 시멘트 냄새가 날 정도였다. 노천탕은 이용하는 사람이 적어서 그런지 물이 차 있지 않았는데 고향 특유의 맑은 하늘과 푸른 숲이 내다보여서 다음에 오면 꼭 이용해보리라는 생각이 들게 했다. 사람이 별로 없으니만큼 물도 깨끗하고 질이 좋았다. 욕탕 곳곳에 붙은 '국내 최고의 알칼리도를 실험결과로 확인받았다'로 시작되는 장황한 설명은 거들떠보지도 않고 P는 온탕과 냉탕, 열탕, 안마탕, 이벤트탕을 마음껏 활개치며 돌아다녔다. 결국 누리고 싶은 것을 한껏 누린 P는 두 시간이 넘어서 탈의실로 나왔다.

그새 사람들이 좀 불어난 듯했다. 불어난 정도가 아니라 단체라도 왔는지 꽤나 북적거렸다. 머리를 말리고 간단히 화장을 하는 자리가 비좁을 정도였다. P는 어떤 장년의 남자 옆에 빈자리가 있는 것을 알고 재빨리 그곳을 차지했다. 그러고 나서 보게 되었다. 남자의 등을 뒤덮은 웅장한 용의 문신을. 순식간에 왜 그의 옆자리가 비어 있었는지도 깨닫게 되었다. 반대편의 화장대 앞에 용보다는 작은 악어, 거북, 그 외 십장생과 글자를 몸에 새긴 젊은이들이 서넛 서서 이따금 그가 있는 쪽을 조심스럽게 바라보고 있다는 것도.

P는 그와 몸이 닿지 않도록 최대한 조심하며 머리를 말렸다. 남성용 로션을 향해 손을 뻗을 때도 손이 떨리는 게 느껴졌다. 용의 아들, 아니 등짝만 보면 용이나 다름없는 남자는 자신만의 목욕용품을 가지고 온 모양이었다. 샴푸, 린스, 바디샴푸가 든 가방에서 강렬한 향기가 나는 스킨로션을 꺼내 발랐고 밀크로션을 이어서 발랐다. P가 곁눈질을 하는 것은 전혀 아랑곳하지 않았다. 마지막으로 그가 꺼낸 것은 가장 작은 용기에 든 '안티에이징 토너'였다. 값비싸 보이는 그것을 그는 아주 조금씩 손끝에 묻히고는 얼굴 곳곳에 꼼꼼하게 발랐다. 특히 주름이 진 부분에 집중적으로 바른 뒤 정성껏 마사지했다. 마지막으로 많지 않은 머리숱과 맨질거리는 두피에 에센스를 바르는 것으로 그 남자의 화장은 끝이 났다.

욕장 입구 건너편에 있던 젊은 남자들 역시 개인적으로 가지고 온 통에서 로션을 꺼내 바르고 있었다. 욕장에서 공짜로 제공되는 로션 따위는 쳐다보지도 않았다. 바로 그 순간 P의 뇌리에 크나큰 반성과 각성이 들이닥쳤다.

'저들도 이렇거늘 나는 이 나이까지 뭘 믿고 이리도 태평하였던가.'

그것은 P가 몇 해 동안 새로운 온천을 다니면서 얻은 것 가운데 가장 큰 수확이라고 했다.

탐닉의 이유

'이경호는 골프를 모른다.' 친구들 사이에 이경호가 유별난 존재임을 정의하는 데 쓰이는 문장이다. 애초에 그 문장을 만들고 전파한 사람은 고향 친구인 박춘광이다. 당사자는 별생각 없이 한 말일지 모르지만 그 말을 들을 때마다 이경호의 입에서는 쓴물이 솟아났다.

그 말을 듣기 시작한 게 벌써 십 년이 넘었다. 어느 때부터인가 친구들이 모이면 모든 화제가 골프를 중심으로 돌아갔다. 남보다 일찍 개인사업에 뛰어든 이경호도 사업상 만나는 사람들과 좋은 관계를 유지하려면 골프를 배워야 한다는 것쯤은 알고 있었다.

그런데 골프연습장에 나간 첫날 평소에는 쓰지 않던 근육을 과도하게 썼나 싶었는데 다음날 아침 자리에서 일어설 수가 없었다. 119 구급차 신세까지 져서 병원에 실려갔고 일주일 가까이 누워 있어야 했다. 척추의 디스크막인지 섬유륜인지 하는 게 찢어졌다던가. 1인 회사나 다름없던 터라 사업에도 큰 타격을 입었다. 골프가 직접적인 원인이 된 건 아니라고는 하지만 까마귀 날자 배 떨어지는 격이었다. 몇 달 뒤 다시 골프연습장에 섰을 때 무릎을 송곳으로 찌르는 듯한 통증을 경험했다. 사춘기에 겪은 성장통과 비슷했는데 골프연습장 출입을 그만두자 언제 그랬더냐는 듯 통증이 사라졌다. 코치를 받아가며 연습을 거듭했지만 드라이버로 치나 퍼터로 치나 공은 비슷한 거리로 굴러가는 수준이었다. 좋아하려도 좋아할 수 없는 게 골프였다. 자신과 골프 사이에 무슨 살이 끼어 있는 게 아닌가 싶을 정도였다.

그럼에도 불구하고 일 년에 대여섯 번은 박춘광을 만나지 않을 수 없었다. 이경호가 운영하는 의류제조업체에 원자재를 공급하는 회사 대표와 디자이너, 의류유통업체 대표가 모두 박춘광을 좋아해서였다. 그들은 이경호에게서 박춘광을 소개받아 알게 된 뒤 골프장에서 이따금 만났고 가벼운 내기까지 하는 친밀한 사이가 되었다. 박춘광은 골프를 못 치는 이경호를 대신해서 자신이 '접대'를 해주는 것이니 이경호가 경비를 부담해야 한다고 주장했고 이경호는 억울한 느낌을 가지면서도 실비에 해당하는 금액을 송금하곤 했다.

그들은 골프를 치고 난 다음 저녁을 먹는 자리에 이경호를 불러내기도 했다. 그러면 그는 최대한 부드러운 태도로 식대나 찻값을 부담했다. 그 또한 박춘광이 내기에 지고 나서 수작을 부린 것 같아서 기분이 나빴다. 그런 자리에서 그들은 이경호를 유일한 청중으로 앉혀두고 골프를 주제로 한 학술토론을 벌이는 학자들처럼 골프 이야기만 했다. 이경호가 최대한 신경을 써서 주문한 음식이며 미주美酒, 디저트는 안중에 없었다.

이경호가 도살장에 끌려가는 심정으로 박춘광을 비롯한 '골프당'들이 모여 있는 카페에 도착한 것은 약속 시간보다 삼십 분쯤 늦은 뒤였다. 어차피 그들은 계산을 할 때나 이경호가 있나 없나 신경을 썼고 자신들끼리는 이미 수십, 수백 번을 해왔을 이야기를 서로 먼저 하려고 소매를 걷어붙이고 있을 것이라 생각했다. 그런데 그 자리에 낯선 인물이 하나 끼어 있었다. 이경호가 '골프당원'들에게서 한 번도 보지 못한 놀라운 광경이 펼쳐졌다. 그들 모두가 얌전한 청중이 되어 낯선 인물의 도도한 이야기를, 그야말로 세이경청洗耳傾聽하고 있는 것이었다.

'프로 골퍼라도 왔나.'

이경호는 반백의 신사를 주시하며 자리에 앉았다. 좌중의 누구도 그에게 눈인사조차 건넬 생각도 하지 않고 남자의 이야기에 빠져 있었다. 이경호는 다른 테이블 앞에 혼자 앉아서 차를 주문하고 요구

르트 아이스크림을 먹었으며 대여섯 번 기지개를 켰다. 한 시간이
지나서야 박춘광이 무성의하게 이경호를 소개했다.

"이경호라고 사업하는 제 친구놈입니다. 골프는 전혀 모릅니다."

남자는 눈을 들어 이경호를 보았고 형식적으로 고개를 끄덕거린
다음 다시 자신의 이야기로 돌아갔다. 이경호는 골프 치는 인간들에
게 자신이 같은 사람으로도 보이지 않나, 하는 소외감에 자괴감마
저 느꼈다. 물론 남자의 이야기는 하나 이해할 수 없었고 청중들이
박장대소하거나 아쉬움의 탄성을 지르는 이유도 알 수 없었다. 그는
한 시간 동안 열 번쯤 하품을 했고 화장실에 두 번 다녀왔다. 마지막
으로 그가 화장실에 다녀왔을 때 마침내 남자는 사라지고 없었다.
골프당원들은 모두들 엄청난 명작을 감상하고 난 뒤 나른한 감동의
여운에 빠져 있는 것 같았다. 이경호는 두 테이블의 찻값을 계산하
고 돌아와서 물었다.

"도대체 아까 그 사람이 누굽니까?"

"이 사람이, 지금! 그 사람이라니. 우리 선생님, 스승님, 도사님
한테."

박춘광이 면박을 주고 나자 평소 과묵한 유통업체 조사장이 웬일
로 길게 설명했다.

"그분 우리 골프계의 전설이에요. 한때 잘나가던 사업가였는데
골프를 알고 나서 골프 칠 시간이 아깝다고 사업을 접었죠. 핸디캡

은 처음부터 싱글이었지만 프로로 전향하기에는 너무 늦은 나이라 포기하셨고 24년간 눈이 오나 비가 오나 바람이 불거나 매주 108홀 이상 라운딩을 하셨으며 홀인원만 일곱 번……"

"원래 눈이 무릎까지 쌓이거나 태풍이 닥치거나 날벼락이 시도 때도 없이 떨어지거나 하면 골프 못 치는 거 아닙니까?"

이경호가 묻자마자 박춘광이 대답했다.

"그럼 밖으로 나가면 되지. 해외에 골프장이 얼마나 많은데."

"팔자들, 좋네."

'들' 자를 발음하는 순간 이경호는 아차 싶어 숨을 삼켰다. 사람들의 눈매가 모두 곱지 않게 변했기 때문이었다. 한동안 침묵이 흐르고 나서 박춘광이 타이르듯 입을 열었다.

"그 양반, 골프의 순수성과 아마추어의 진정성을 고수하느라 한 번도 내기를 한 적이 없어. 부인이 미스 유니버스 출신인데 골프 때문에 못살겠다 하니까 서로 각자 의미 있게 살 길로 가자고 재산 넘겨주고 깨끗하게 갈라섰다지. 요즘도 골프장에 살다시피 한대. 밥도 골프장서 먹고 빨래도 골프장에서 하고. 허리 아픈 것도 골프로 고쳤다더군."

"정형외과 의사들 수입의 3할은 골프가 책임진다는구만. 안 치면 안 아플 걸 왜 쳐."

"야, 네가 골프에 대해서 뭘 안다고 감 놔라 배 놔라 자꾸 나서고 그래? 모르면 잠자코 찌그러져 있어."

논쟁이 격화되려는 순간 그때까지 단 한마디도 하지 않고 있던 디자이너 서진영이 입을 뗐다.

"아까 그분, 자기는 전생이 캐디였다고 하시더라구요."

일찍 일어나는 새

　일성리와 월성리는 일월군이 만들어지기 전부터, 그러니까 배달 민족의 조상 단군이 두 마을에 하나씩 오른발과 왼발의 족적을 남긴 이후부터 라이벌 사이였다. 왜 단군은 서울의 다섯 배 크기나 되는 일월군 전체에 발자국 두 개만 달랑, 그것도 일성리를 대표하는 대왕바위에 하나, 월성리를 상징하는 임금바위에 하나씩만 찍어두었는가.

　"사실 그 동네 사람들이 단군의 족적이라고 믿고 있는 흔적은 아득히 먼 옛날 화산이 폭발하고 화산석이 무시로 공중을 날아다닐 때, 황소 열 배쯤 되는 크기의 바위가 사람 얼굴만한 기공氣孔으로 가스를 내뿜으며 하나는 일성리에, 하나는 월성리에 떨어져서 생긴 것이다. 단군이 여기까지 오셨다고 한다면 오는 길 가는 길에 무슨 다른 흔적이라도 남기셨을 터, 수백 리 근방에 그런 건 전혀 없는 걸로 보아도 두 마을에 하나씩 있는 바위의 발자국은 단군의 족적이 아닐 수도 있는 것으로 사료되어 마지 않는다."

일월읍 출신의 향토 사학자가 일월군 군민체육대회 뒤풀이 자리에서 이런 견해를 밝혔다가 두 마을 사람들의 강력한 항의를 견디다 못해 일월군 밖으로 이사를 가 잠잠해질 때까지 몇 년 살다 온 일도 있었다. 일성리와 월성리라는 두 마을의 이름을 한 자씩 따서 '일월군'으로 명명한 것에서 알 수 있듯 두 마을이 일월군에서 차지하는 영향력은 절대적이었다.

맞수로서 치열한 경쟁의식 때문에 두 마을은 다른 마을들에 비해 주민이 월등히 많았고 살림이 풍족했으며 교육 수준 또한 높아서 많은 인물이 배출되었다. 어느 집 아이가 무슨 고시에 합격하고 박사, 장군, 의사, 교수, 판사, 교장, 고위공무원, 우주인 등등이 되고 무슨 상을 받고 뉴스에 날 때마다 두 마을 바깥에까지 울긋불긋한 현수막이 나붙었다. 그걸 보면서 두 마을의 아이들 또한 많은 자극을 받았고 그건 또다른 현수막이 내걸리는 결과를 가져왔다.

두 마을의 농경지 크기나 생산량은 엇비슷했고 두 마을 주민의 평균소득 또한 우열을 가리기 힘들었다. 밭에서 재배하는 감자의 소출이 다른 마을에 비해 월등히 많은 편이었으나 주업인 쌀농사에 비하면 부차적인 것이었다.

그러던 차 어느 순간부터 부업인 감자 농사에서 두 마을의 총력 경쟁이 시작되었다. 어느 지방 방송사 카메라 기자가 3월 중순에 일성리 앞을 지나다가, 아침 일찍부터 밭일을 하는 농부를 촬영해서 아름답고 평화로운 전원 풍경으로 소개한 게 발단이 되었다. 심야 마지막 뉴스의 말미에 불과 몇 초 동안 '일성리 농부의 올해 첫 감자 모종'이라는 자막과 함께 보슬비가 내리는 밭에 감자를 심는 사람의 뒷모습이 스쳐지나갔을 뿐이었지만 하필 그게 월성리 이장의 눈에 띄었다는 게 문제였다.

이듬해 2월 하순 비밀리에 감자 모종을 준비한 월성리 사람들은 월성리 출신 인사들의 인맥을 총동원해서 지역 언론사 기자들을 월성리로 부른 뒤 '일월군에서 가장 일찍 감자 모종을 하는 근면한 월성리 주민'이라는 긴 설명이 달린 사진과 기사를 싣게 하는 데 성공했다. 월성리 이장이 '일찍 일어나는 새가 많은 모이를 먹는다'는 인터뷰를 하는 장면까지 나왔다.

생각지도 못한 기습을 당한 일성리 주민들은 모여서 대책을 강구했다. 부녀회장이 서울에서 소설을 써서 근근이 먹고사는 아들의 도움을 받아 월성리 이장의 인터뷰에 근본적인 오류가 있음을 지적했다. '모이를 먹는 건 새가 아니라 닭이나 오리 같은 가축이고 일찍 일어나는 새는 벌레를 많이 잡는다'는 것이었다.

일성리 사람들은 일월군에서 자신들이 가장 부지런하다는 것을 증명하기 위해서, 또 감자 농사 기술에서 앞서 있음을 보여주기 위해서, 이듬해에는 월성리보다 무조건 일찍 감자 모종을 하기로 결의했다. 일성리에서 가장 오래도록 농사를 지어온 101세 최대로씨의 주도로 가장 햇볕이 잘 드는 밭을 골랐고 극비리에 비닐하우스에서 조생감자로 만든 모종을 준비했다. 언론사에 전국 최초로 2월 초순에 감자 모종을 한다는 사실을 알렸고 이를 취재하기 위해 대여섯 명의 기자가 현장에 나왔다. 모종을 하러 밭에 들어간 농부들은 때마침 불어닥친 눈보라에 온몸이 고드름이 되는 듯한 추위를 느꼈지만 한순간도 미소를 잃지 않았다. '최초의 감자 모종을 최초의 수확으로 연결시켜 우리 군민들이 단옷날 그네를 타면서 폭신폭신 맛있는 햇감자를 왕소금에 찍어 먹을 수 있도록 해드리겠다'며 주먹을 불끈 쥔 일성리 이장의 모습은 무난히 뉴스를 탔다.

이듬해 1월 20일, 월성리의 문전옥답 가운데 하나에 설치된 비닐하우스 안에서 감자 모종이 이루어졌다. '단군이 이 땅에 왕림하신 이래 가장 빠른 시기에 실시하는 감자 모종'이라는 현수막이 월성리 주민들의 축제 분위기를 돋우었다. 심어진 모종이 얼어죽지 않고 자랄 수 있도록 비닐하우스 안에 농사용 전기로 가동되는 온풍기가 설치되는 등 많은 설비와 노력이 투입되었다. 그곳에서 수확된 감자는 '금싸라기 감자'라고 불릴 만큼 생산비용이 많이 들어갔지만 제대로 여물지 못했고 씹을 때 푸실푸실한 것이 맛도 없었다. 수확이 끝나고 난 뒤에 축하를 하기 위한 농악 공연이 벌어졌는데 늦봄에 한반도를 덮친 황사와 미세먼지에 공연하던 사람과 구경꾼 여럿이 호흡 곤란 증세를 나타냈다.

이듬해 1월 1일 해 뜰 무렵, 일성리의 어느 밭에 폭 4.5미터, 길이 20미터 크기로 설치된 이중 비닐하우스로 사람들이 모여들었다. 바닥에서 올라오는 냉기를 차단하기 위해 두꺼운 비닐장판을 깔고 흙으로 덮은 뒤 뽑아올린 지하수의 지열을 활용하는 친환경적 영농기술이 총동원되었다. 후끈하게 달아오른 난로 덕분에 추위는 전혀 느낄 수 없는 비닐하우스 안에서 감자 모종에 투입된 세 사람의 농부는 카메라 플래시가 터지는 가운데 엄숙한 표정으로 '전 세계 최초의 감자 모종'을 하기 시작했다. 국내 언론사는 물론 외신 기자까지 감자 모종 현장에 초청되었지만 외부인의 숫자는 예년과 비슷했다. 언론의 보도는 예년과 비할 수 없이 적었고 작았다.

이듬해에 두 마을에서는 감자 모종에 가장 적당한 시기인 3월 중순부터 감자 모종을 하기 시작했으며 장마가 오기 직전에 알이 굵고 튼실하며 맛있는 제철 감자를 수확했다. 일찍 감자 모종을 하기 위해 경쟁하는 것에 대해서는 더이상 아무도 관심을 가지지 않았다.

진짜 알짜 부자

작가 K는 사춘기 시절부터 20년 가까이 살아오던 집이 너무 낡고 고장이 잦자 그 집을 부수고 새로 짓기로 했다. 공사를 하는 동안 기거할 데를 찾다 지인의 소개로 서울에서 그리 멀지 않은 남쪽의 신도시로 가게 되었다. 역시 지인에게서 그 지역의 부동산 중개업계에 혜성처럼 나타났다는 인물을 소개받았다.

그의 사무실은 시내 중심가의 요지에 있었는데 간판은 흔히 보이는 '부동산 중개업소'가 아닌 '부동산 경제연구소'라고 되어 있었다. 그는 '복덕방 영감님'과는 노는 물이 다른, '경제연구소장'에 걸맞은 고급 양복에 금빛 시곗줄이 드러나는 조끼를 입고 있었고 현란한 지식과 다양한 정보, 논리를 갖춘 전문가로 보였다. 그는 K의 경제력,

가족, 나이, 직업, 취향 등에 관해 시시콜콜 캐묻고 나서 신도시에 새로 조성되고 있는 상업지구의 5층 상가주택을 구입하라고 권했다.

"두고 보세요. 이제는 부동산이 동산을 낳고 부동산을 낳는 시대가 옵니다. 부동산이 포유류처럼 새끼를 낳느냐? 맞습니다. 이 집에서 월세 수입 누리면서 사는 것도 사는 거지만 투자가치가 크다는 게 이 물건을 꼭 사시라는 이유입니다. 꿩 먹고 알 먹고 얼마나 좋습니까. 게다가 여기는 혈이 모이는 명당이에요. 선생님 작품에도 좋은 기운을 보태줄 거예요."

K는 자신에게는 그럴 만한 경제적 능력이 없다는 것을 '필력'을 다해 설명했다. 부동산 경제소장은 아까운 기회를 날려보내고 있다고 몇 번이고 혀를 차고 나서 K의 가족이 상가주택의 꼭대기 층 주택에 세를 들도록 주선해주었다. 중개수수료는 받지 않았다. 예술가에 대한 자기 나름의 재능기부, 후원으로 생각해달라고 했다는 것이다.

K는 그뒤로 별다른 용건이 없으면서도 그의 '부동산 경제연구소'로 가서 이런저런 이야기를 나누곤 했다. 그와의 대화가 소설을 쓰는 데 도움을 줄 거라는 생각이 없지는 않았다.

그러던 어느 날, 그는 중대사를 앞둔 사람처럼 들뜬 표정으로 자리에 앉지도 못한 채 서성거리다가 K에게 엄청난 비밀을 말해줄 테니 혼자만 알고 있을 수 있느냐고 물었다. K는 '당연히 그렇다'고 대답했다. 오른손으로 입에 지퍼를 채우는 시늉을 하면서.

"선생님, 진짜 부자는 부동산으로 돈 버는 사람들입니다. 부자가 망해도 삼대가 간다는 말은 부동산으로 부가 대물림되었을 때 통용이 되는 말이죠. 동산은 아무리 많아도 바람처럼 모래알처럼 결국 한 사람을 떠나 더 힘센 자에게로 가버리죠. 세금이나 물가 변동, 경기 변화가 금쪽같은 자산 가치를 갉아먹는데도 현금 가진 사람들은 속수무책인 거예요."

K는 그가 진짜 본론을 이야기할 때까지 진지하게 경청하는 자세로 기다리고 있었다. 그는 눈부시게 흰 셔츠에 달린 보석 커프스단추를 몇 번 쓰다듬은 뒤 말을 이었다.

"오늘 여기로 서울에서 사모님 한 분이 오십니다. 사모님은 오래도록 이 지역을 눈여겨봐오셨는데 제가 그동안 꾸준히 제공해드린 정보를 토대로 마침내 때가 무르익었다 해서 투자를 결심하신 거예요. 그분이 오시면 이 지역 부동산에 엄청난 지각변동이 일어납니다. 이번 주말을 기점으로 이 지역에서 실수요자들이 제일 많은 이십 평대에서 삼십 평대 사이에 있는 아파트 매물이 전부 사라질 거예요."

"왜? 어떻게?"

K는 놀라서 물었다.

"지금까지 우리가 확보한 물량이 오백 가구예요. 일단 계약금 십 퍼센트만 주고 잡은 거죠. 그럼 이 지역에 아파트를 보러 오는 사람들은 갑자기 이삼십 평대 아파트 매물이 싹 없어진 걸 알고는 뭔가 엄청난 호재가 있어서 그러나보다 하고 마음이 급해지죠. 소문이 꼬리에 꼬리를 물면 다음주 주말에는 한 가구당 오백만 원의 프리미엄이 붙습니다. 다음주에는 그게 천만 원이 되고 그뒤로는 아무도 모릅니다. 어쨌든 한 달 뒤에 사모님은 모든 거래를 종료하고 여기서 철수합니다. 적어도 한 채에 오백 이상은 벌죠. 끝까지 계약이 성사되지 않는 게 극히 일부 있을 수 있지만 계약금만 날리면 되니 부담이 거의 없어요. 거래도 전부 가명으로 하니까 세금 문제도 없지요. 흔적도 절대 남지 않고요."

K는 자신도 모르게 언성을 높였다.

"그건 부동산 투기꾼들의 전형적인 수법 아닌가요? 불법적인 매점매석에 전매, 탈세 행위잖아요. 작은 평수 아파트를 찾는 실수요자들은 경제적으로 약자이고 정보가 부족한 사람들인데 그런 사람들한테서 오백, 천씩 뜯어내는 건 양심에 털이라도 나지 않고서는……"

K의 말이 거칠어졌지만 그는 크게 신경쓰지 않았다.

"사실 사모님은 우리 세계에서는 큰손 축에도 못 끼는 거고요. 진짜 알짜 부자는 따로 있어요. 이분들은 단위가 다르죠. 신도시나 산업단지처럼 대형 개발사업이 벌어지는 데서 몇백, 몇천만 평 단위로 땅을 사고팔지요. 지자체, 건설사, 금융기관하고 연합해서 인프라도 건설하고 학교, 병원, 쇼핑몰, 아파트도 짓고 분양하는 거예요. 한 번 성공하면 한 십 년쯤은 잠수를 타죠. 세계일주 크루즈 여행이나 하면서."

"기껏 크루즈 여행요? 아예 전용기나 유람선, 호텔 체인을 사시지."

"계산만 맞으면 살 분들이에요. 그런데 이분들이 죽기 전에는 절대로 명의가 바뀌지 않는 부동산이 있어요. 노후에 국내 최고의 요양시설에 들어갔을 경우에 거기서 나오는 수입으로 비용을 댈 수 있도록 법적 조치를 완벽하게 해놓지요. 본인 눈에 흙이 들어가기 전에는 누구도 손을 못 대요. 여기 앞에도 그런 건물이 하나 있는데, 보이시죠?"

그가 가리키는 건물은 그리 크지 않은 10층 건물이었다. 하지만 그 지역에서 가장 노른자위라고 할 수 있는 중심가에 위치해 있었다. 지하부터 6층까지는 각양각색의 유흥시설과 술집이 들어차 있었고 무엇엔가 취하여 견디기 힘든 현실을 잊으려는 손님들이 끊임없이 몰려들었다. 8층이 숙박시설이었고 꼭대기층과 옥탑방에서 주인은 털복숭이 개 두 마리와 함께 살고 있다고 했다. K는 좋은 공부했다고 인사를 한 뒤 그 위대한 부동산 경제연구소, 아니 중개업자 사무실에서 걸어나왔다. 그로부터 20여 년이 흐른 지금까지 다시 그를 만난 적이 없다고 했다.

"그 친구가 골라준 상가주택 있잖아. 처음에 한 십 퍼센트쯤 오르는가 싶더니 내가 나올 때쯤 되니까 반 토막이 났다더라고. 그 알부자 소유라는 건물은 아직도 하루 24시간 번쩍번쩍 번영하고 있고. 영원히 그럴 것처럼."

쉬어야만 하는 이유

월요일에 산에 갔다 내려오는 길에 산자락에 있는 단골 선술집에 갔지. 바로 맞은편에 새 식당이 생겼더군. 라멘, 돈까스, 카레 등을 파는 일식집인데 특별히 '창작요리'라고 하는 메뉴를 붙여놨어. 단 하나의 글자로 만들어진 간판처럼 미니멀한 외부 장식부터 신선하고 파격적이었어. 식당 주인의 관상과 표정을 보면 그 집 음식 수준이 어떤지 알 수 있다는 대학 은사의 가르침이 떠올랐는데 주인은 '꼴'을 볼 수가 없었지. 문이 닫혀 있었거든. 정기휴일이었어. 그런데 그 식당 밖에 붙어 있는 안내문에 따르면 휴일이 매주 월요일, 화요일 하여 이틀이나 돼.

맞은편에 있는 내 오래된 단골집은 막걸리와 안주를 주로 파는데

(물론 막걸리는 우리 전통기법과 효모로 빚은 것만 취급하고 안주는 유기농 재료를 엄선해 네댓 가지만 만들지만) 1년 365일 쉬는 걸 보지 못했거든. 쉬긴 하겠지만 내가 왔을 때는 언제나 문이 열려 있었단 말이지. 내가 일부러 불원천리 단골집이라고 찾아왔는데 그 집이 문을 닫았다면, 그런 일이 두세 번 반복된다면 그 집은 내 단골집 목록에서 금방 사라질 거야. 그런데 그 일식집은 젊은 직장인이 선호할 만한 식단을 내걸고 있으면서도 직장인이 출근하는 평일에, 그것도 이틀이나 쉰다니 용감한 것인지 무모한 것인지 잠시 어리둥절했지. 그러던 차에 뒤영벌이 한 마리 붕붕거리고 날아가면서 내 머릿속에 쓸데없이 저장만 돼 있던 지식과 현실을 연결시키도록 영감을 줬어.

꿀벌 집단은 한 마리의 여왕벌과 수십 마리의 수벌, 수만 마리의 일벌로 구성돼 있지. 일벌은 여왕벌과 같은 암놈이고 수벌들과는 달리 태어나면서 일만 하는 것으로 알려져 있고. 일벌이 하는 일은 단 한 번 교미비행을 할 때 말고는 마냥 놀고먹기만 하는 수벌에 비할 수 없이 많지. 청소, 보육, 요리, 식량 저장처럼 집단의 지속과 유지에 필요한 일은 물론이고 집 짓기와 수리, 경비, 전투, 꿀·꽃가루·프로폴리스 채취 등 '바깥주인'들이 할 일이 전부 일벌의 몫이야.

그런데 실제로 벌집을 자세히 들여다보면 모든 일벌들이 일만 하고 있는 게 아니고 3분의 2는 아무것도 안 하고 놀고 있다는 걸 알 수 있다더라고. 바꿔 말해 일벌은 25~35일 정도 되는 생애의 3분의

2는 아무것도 하지 않고 쉰다는 거지. 일벌인데 일하는 것보다 노는 시간이 두 배 더 많다면 이름을 '놀벌'로 바꿔야 하나? 물론 허구한 날 놀고먹는 수벌에 비할 수 없이 많은 일을 하긴 하지만.

꿀벌 집단이 내우외환으로 개체군의 숫자가 줄어들어 약해지면 어린 일벌들이 소녀가장(모든 일벌은 암벌)이라도 되는 양 일찍부터 어른들이 하는 꿀 채취 등의 고된 바깥일을 하러 나선대. 대신 그런 일을 한 어린 일벌들은 과로로 수명이 짧아진다는 거지. 말 그대로 '죽어라 하고 일만 하다' 일찍 죽고 마는 거야. 물론 이런 심각한 상황에서도 수벌들은 마냥 놀고먹고 있고.

동병상련(?)의 심정으로 수벌들의 삶의 방식을 설명하자면 수벌이 고의적으로 놀고먹는 건 아니라는 거야. 수벌은 일벌과 달리 정자가 수정되지 않은 알에서 깨어나서 일벌과 여왕벌이 될 알에 정자를 공급하는 역할을 하지. "마냥 놀고 처먹는데 전생(알)에 수정이 되었건 말건 무슨 상관이야?" 하고 물을 사람이 있을지도 모르는데 암튼 수벌이 수벌이 된 게 자신의 선택이나 의지에 따른 건 아니란 거지. 과장해서 말하자면 '무에서 유를 창조'하고 있다고나 할까. 어쨌든 수벌은 단 한 번 여왕벌과의 만남을 마지막으로 삶이 끝나거나 벌집 밖으로 쫓겨나 죽게 돼. 수벌은 평소에 마냥 놀고먹어야만 일생 단 한 번의 결정적인 과업, 여왕벌과의 교미에 최선을 다할 수 있고 그러기 위해 역량을 비축하고 있는 거야.

정상집단의 평범한 일벌이 일생의 3분의 2를 쉬는 이유도 수벌과 비슷해. 남은 3분의 1의 수명 동안 성실하고 꼼꼼하게 다방면의 일을 하기 위해서 잠재능력을 비축하는 거라고 보면 된대. 급격한 환경의 변화나 포식자의 공격 같은 예상치 못한 상황이 발생했을 경우에 잠재능력을 끌어와 쓸 수도 있는 거지.

물론 식당을 운영하는 건 벌이 아니라 사람이지. 사람의 일에 벌의 사례를 기계적으로 적용할 수는 없을 거야. 어떤 식당이 일주일에 3분의 1만 장사를 한다고 하면 단골커녕 구경꾼도 오지 않을걸. 하지만 일주일에 이틀을 쉰다고 당당히 써붙인 그 일식집, 주인 관상을 보지도 못했고 바깥에 써붙인 메뉴에도 확 끌리지는 않았지만 어쩐지 꼭 가서 한번 맛을 보고 싶어졌어. 특히 그날그날 다른 '창작요리'라는 것을.

요리는 서비스와 노동, 예술의 경계를 넘나드는 복합적인 활동의 총화지. 쉬면서 발상의 전환도 일어나고 창의적인 실험도 가능해지지 않을까. 의욕도 충전이 되고 말이지. 매일 똑같은 음식을 기계적으로 만들어내는 것만큼 창의성을 갉아먹는 일도 없을걸. 어쩌면 쉬는 게 일하는 것보다 더 중요해. 쉴 만큼 쉬어야 주인의 수명도 늘 것이고 그래야 손님도 오래도록 이용할 수 있겠지.

과거에 어떤 사람은 무슨 중요한 일을 그리 열심히 하는지 일주일에 '월화수목금금금……'을 일한다고 말하기도 했었지. 그 사람

생김새나 언변은 나쁘지 않았는데 금붕어도 아니면서 '금금금'이라고 물을 뻐끔대는 듯한 발음을 자꾸 듣고 있노라니 그 사람의 성과 마저 신뢰할 수가 없어졌어. 지금도 입만 열면 '바빠 죽겠다, 쉴 틈이 없다'고 자랑하는 인간은 정상적인 사람으로 보이지 않아. 저러다 일찍부터 바깥일을 시작한 어린 일벌처럼 되지 않을까 싶기도 하고.

단골집 여주인에게 앞집 일식당 주인에 대해 물어보니 온 지 얼마 안 되어 잘은 몰라도, 젊고 잘생겼고 활기차고 똘똘해 보이더라고 심드렁하게 대꾸하더군. 밤 10시가 되니까 여주인은 어디 갈 데가 있는 마녀처럼 빗자루를 들고는 영업시간이 끝났다고 하는 거야.

"아니, 무슨 막걸리 집이 밤 10시까지밖에 영업을 안 해요?"

내가 말하자 여주인은 내게 한 번도 10시 넘어까지 있어본 적이 없지 않느냐고 되물었어. 그러고 보니 우리 일행 말고는 아무도 없더군. 그날 저녁 내내 주정을 하는 사람도 없었고 큰 소리로 떠드는 사람도 없었지. 그 집이 왜 내가 좋아하는 단골집이 되었는지 그 순간 깨달았던 거야. 대오각성大悟覺醒, 활연관통豁然貫通.

절반의 부자

남자는 이십대 초반에 어느 원단 생산업체에 현장 종업원으로 입사해 남다른 운과 노력으로 계단을 뛰어오르듯 꼭대기까지 승진을 거듭했고 마침내 그 회사를 인수, 십수 년을 경영한 바 있는 입지전적인 사업가였다. 그는 오십대 중반에 IMF 관리체제를 맞았다. 국민들 사이에 금 모으기 운동이 벌어지는 와중에 그의 회사와 거래하던 업체 대부분이 위기에 몰렸고 살아남은 곳은 절반도 되지 않았다. 그 역시 회사를 살리기 위해 종업원의 숫자를 절반으로 줄여야 했고 1년이 지나서는 그 절반을 다시 절반으로 줄였다. 3년째 되던 해 그는 마침내 회사의 문을 닫기로 결단을 내렸다.

"나중에 결산을 해보니까 15년 동안 번 돈을 마지막 3년에 싹 다

까먹었더라고. 그래도 나는 공장부지라도 남았는데 그게 15년 동안 몇 배로 올라 있었어요. 그걸 처분해서 수십 년 동안 동고동락하던 사람들한테 3개월 치 월급을 위로금으로 줬소. 그렇게 뿔뿔이 다 흩어지고 말았지."

E는 그의 고문변호사였다. 그로부터 재산 관리 등에 관해 법률적 자문을 해달라는 요청을 받았을 때 E는 그가 지역에서 가장 알부자라는 소문을 떠올렸다. 여간해서 사람들 앞에 나서지 않아서 그의 부가 어느 정도 규모인지 아는 사람이 없다는 것에도 관심이 갔다. 아니, 기대가 컸다.

두 사람 사이 첫번째 대면은 지역 도심 한복판에 있는 특급호텔 레스토랑에서 이루어졌다. 나날이 명망이 쌓여가고 있는 변호사라 해도, 상온에서 기름이 녹아나올 정도로 부드러운 쇠고기로 만든 스테이크로 전국적인 명성을 떨치고 있는 그 레스토랑에서 고객과 만나는 일은 흔치 않았다. 두 사람이 만났던 2000년대 초반만 해도 어느 개인이 변호사를 '고문'이라는 이름으로 한 달에 얼마씩의 수수료를 주어가며 '고용'하는 일은 더더욱 드문 일이었다. E가 법인이 아닌 개인의 고문변호사를 맡은 건 그때가 처음이었다. 어쨌든 E는 그와의 첫 만남에서 점심식사 포함 다섯 시간을 보내며 정중한 태도로 그의 이야기를 끝까지 경청했다.

"내가 환갑 넘게 살아보니 건강만큼 중요한 게 없더란 말이오. 그래서 내가 특별히 딸들 신랑감을 구할 때 바짝 신경을 썼어요. 지금 내 사위가 둘 다 의사요. 첫째는 서울에서 최고 가는 종합병원 의사고 둘째는 가까운 데서 한의원을 하고 있소. 양방, 한방의 양빵 주치의들이지."

E는 그가 주관이 남달리 뚜렷하고 자기중심적인, 특히 부유한 인물이라고 결론을 내렸다. 그는 한 가지 확실히 해둘 게 있다면서 사람들이 평균적으로 고문변호사 비용으로 얼마 정도를 내는지 물었다. E가 체면 불고하고 여러 변호사들에게 전화를 걸어 알아낸 금액을 말해주자 그는 딱 잘라서 절반만 내겠다고 했다.

"나한테 돈 없소."

이유는 그것이었다. E는 속으로 '지독한 구두쇠'를 뜻하는 고향 사투리 '꼼내이'를 되뇌었지만, 현실적으로 개인에게 법률 자문을 할 일이 별로 없는 만큼 스트레스 받을 일도 없고 그의 인맥을 통해 다른 사건을 수임할 수 있을지도 모른다는 기대로 그의 요구를 받아들였다.

한 달 뒤 두 사람은 같은 장소에서 만나 식사를 했다. E의 예상대로 별다른 문제는 없었고 그가 얼마 전 골프 시합에서 생애 신기록 달성에 근접했다든지 둘째사위의 한의원에 전국에서 손님이 몰려들어 줄을 서고 있다는 등의 이야기를 나누었다. 식사가 끝나고 나서 그는 종업원에게 계산서를 가져오게 하고는 정색을 하고 E에게 말했다.

"나한테는 평생 어기지 않은 원칙이 있는데, 식당에서 밥값은 각자 알아서 낸다는 거요. 한 입으로 남의 밥 빼앗아 먹는 것도 아니고 자기가 좋아서 먹은 음식값은 당사자가 내야 되는 게 아니겠소?"

말이야 맞는 말이지만 변호사의 고객들 대부분은 변호사에게 뭔가 아쉬운 말을 하러 온 터이라, 밥값을 먼저 내는 경우가 대부분이었다. E는 속으로 '나는 이놈의 스테이크 먹고 싶지 않았다!'고 외치면서도 절반의 식대를 치렀다.

그렇게 세월이 흘러가면서 두 사람의 만남은 같은 장소, 같은 시각에 한 달 한 번씩 되풀이되었다. 각자 먹는 음식이나 밥값을 따로 계산하는 것 또한 같았다. 두 사람은 나란히 나이가 들었고 그는 손자가 여섯이 되었으며 E는 법무법인의 대표가 되었다. 하지만 두 사람 사이의 고문변호사 수수료는 언제나 같았다. '남들의 절반'. 사실 법률적 자문을 해줄 일은 남들의 절반의 절반도 되지 않았기 때문에 E에게 별다른 불만은 없었다.

그러던 어느 가을 저녁, E에게 전화가 걸려왔다. 그가 서울의 만사위가 있는 병원에 입원해 있는데 전화로 말하기 어려운 중대한 법률적 용무가 있으니 즉시 병원으로 와달라고 하는 것이었다. E가 병실에 들어가자 홀쭉하게 여윈 그가 손을 내밀어 E의 손을 맞잡았다.

"내가 작년 가을에 여기서 입원까지 해서 철저하게 건강검진을 받았소. 아무 이상이 없었대. 그런데 올여름이 하도 더워 그런가 영 맥을 못 춰서 둘째사위 한의원에 갔더니만 빨리 서울 형님한테 가보라고 하더라고. 그래 여기 와서 여기저기 진단을 받았더니만…… 급성 췌장암이라는군. 길어야 석 달이랍니다. 허, 참. 어쩌겠소. 정리를 할 건 해야지. 그래서 급히 오시라고 한 거요."

E는 황망함 속에서도 유언장 작성 등 변호사로서 해야 할 업무를 진행했다. 유언을 녹취하고 문서로 작성한 뒤 서명을 받고 공증 절차를 마쳤다. 모든 서류가 완비된 뒤 E가 그의 병실로 가자 그는 비교적 맑은 정신으로 앉아 있었다.

"이변호사, 그동안 정말 고마웠소. 이건 이번 일 처리하시는 데 드리는 마지막 수임료요. 인연이 되면 또 봅시다."

E가 그와 작별하고 나서 사무실로 돌아와 열어본 봉투에는 하얀 종이에 싸인 수표가 들어 있었다. 종이에는 '절반'이라는 말이 적혀 있었고 뒷면에 '나 돈 없소'라는 문장이 사인처럼 들어 있었다고 한다.

"유언장까지 작성했으니까 내 그 양반 재산이 실제 얼만지, 누구한테 갔는지 다 안다. 재산의 절반 이상을 자기 회사에 다니다가 퇴직한 뒤로 형편이 어려운 사람들한테 줬더라고. 그 사람들 자식이 대학 입학하면 반드시 첫 학기 등록금을 장학금으로 주고. 그렇게 공덕을 쌓은 분이니까 참말로 좋은 데 가셨을 기라."

어느새 귀밑머리가 하얗게 센 E의 눈시울이 살짝 붉어졌다.

어른의 말씀

　고속도로를 내려와 강원도로 들어서자 길은 구불텅구불텅 휘었다가 탄력적으로 펴지기를 반복했다. 굳이 지방도를 선택한 것은 바로 그런 근육질 도로의 살아 있는 힘을 느껴보기 위해서였다.

　운전은 새로 최신형 SUV를 구입한 후배 J가 맡았다. 그 차는 J자신처럼 힘이 넘쳤고 가파른 길이든 구불대는 길이든 거침없이 힘차게 타고 들어갔다.

　J는 직장에서 미처 마무리하지 못하고 온 일 때문에 오래도록 전화통화를 하고 있었다. 비록 자동차와 블루투스로 연결된 무선 헤드셋을 쓰고 있다고는 하지만 정신이 분산되지 않으리라는 법은 없었다. 뒷자리의 또다른 후배 O는 언제부턴가 완강한 침묵으로 운전중

110

통화에 대한 불만을 표시하고 있었다. 전화통화를 끝낸 J가 내게 물었다.

"형님, 이번에 제가 기획하고 있는 방송 다큐멘터리가 '어른이 된다는 것'이라는 제목인데요. 우리 사회에서 언제부터인가 진짜 어른다운 어른을 찾아보기가 힘들어졌잖아요. 기껏 이기적인 소인배들만 설쳐대는 세상 아닙니까. 한 사회를 이끌어가고 어지러운 세상에 모두가 경청할 만한 묵직한 한말씀, 죽비 같은 법어를 내려주시는 진정한 어른들은 모두 어디 가신 겁니까?"

"그걸 왜 나한테 물어?"

"에이 왜 그러세요, 형님. 형님이 바로 그런 어른이실 수도 있잖아요."

"괜한 소리 말고 운전이나 똑바로 해. 난 절대 그런 사람 아니고 될 생각도 없으니까 기대를 버려."

"좋습니다. 한 가지만 묻죠. 형님은 이 시대의 진정한 어른이 된다는 게 어떤 거라고 생각하세요?"

"정말 내 생각이 궁금해?"

"그럼요. 우리 컨셉만 정해지면 지금 바로 제작 들어간다니까요."

"정말이지?"

"정말요."

"입부터 닥쳐. 그러면 돼."

"넹?"

"우하하하하하핫!"

뒷자리에서 침묵하던 O가 풍선이 터지는 것 같은 큰 웃음을 터뜨렸다. 나는 부연해 설명했다. "나이들었네, 경험이 많네, 혼자만 아네 하면서 마이크 잡고 떠들어대지 말고 입만 닥치고 있어도 어른스러워 보여. 입을 열고 닫을 때를 아는 사람이 진짜 어른이지."

어쨌든 흥겨운 여행길이었다. 천천히 가면서 길과 자연, 낯설면서도 친근한 사람 사는 풍경의 맛을 보면 되었다.

그러다 문득 내 눈길이 길 옆에 있는 표지판에 멎었다. 이십대 때 여러 차례 기차와 버스를 갈아타고 산길로 한참 올라가서 탐승을 하고 왔던 호젓한 사찰의 이름이 적혀 있었다.

"이야, 저 절 이름 보는 게 얼마 만이냐. 한 삼십 년은 됐겠다."

"형님, 한번 가보실래요? 시간도 많은데."

마음의 품이 넉넉한 후배 J가 속도를 늦췄다.

"그래, 얼마나 변했는지 궁금하네."

차는 지방도보다 더 가늘고 구절양장九折羊腸 같은 소로로 접어들었다. 이어서 가파른 산길을 숨이 턱에 닿게 치고 올라가기 시작했다.

고개를 넘고 내리막길에 들어서자 갑자기 길이 넓어지고 사하촌의 식당과 가게, 민박집 같은 숙박업소가 등장했다. 노점에서는 전을 굽는지 기름 냄새와 연기를 풍겨대고 있었다.

"어, 이렇게 을씨년스러운 날 무슨 손님이 있다고 여기는 이렇게 흥청대지?"

"그러게요. 요즘 대학생들은 이런 데 오지 않을 거 같은데."

"온다 해도 그렇지, 솥뚜껑에 부친 전을 좋아하는 대학생이 많을까?"

마을에서 돌아서자 갑자기 깊숙한 골짜기가 나오고 아직 채 떨어지지 않은 붉은 나뭇잎이 매달린 단풍나무가 나타났다. 나무 아래로 맑은 계곡물이 소리내어 흐르고 있었고 높고 크지는 않아도 절묘한 모양의 폭포까지 등장했다.

"히야, 순식간에 본전 뽑네."

일행은 눈앞의 자연에 각자 감탄을 토해냈다.

"정말 오기를 잘했군. 이런 데가 아직 남아 있어서 난 강원도가 좋아."

내 말이 끝나기도 전에 절로 가는 길 중간에 세워진 조립식 건물을 지나치게 되었다. '하마비下馬碑'라고 쓰인 비석이 비스듬하게 서 있었는데 오십대 남자가 '매표소'라는 흐릿한 글씨가 붙어 있는 건물에서 걸어나왔다. 차가 막 그의 앞을 지나치려는 순간 그가 차체를 두드렸다. J가 창문을 열자 그는 "여기 절 안쪽은 좁아서 차 댈 데가 없어요. 차 돌려서 저 아래쪽 주차장에 대고 걸어가세요" 하는 것이었다.

J는 자주 와본 사람처럼 막힘없이 술술 대답했다.

"저 위 안쪽 넓은 데서 차를 돌려서 나올게요. 여기서는 어차피 차 못 돌리잖아요."

낡은 양복에 유행이 지난 두꺼운 뿔테안경을 쓴 남자는 고개를 끄덕거렸다. 그러고 나서 다시 '절대로 절까지 올라가면 안 된다, 저 위에서 반드시 차를 돌려서 나오라'고 말했다.

30여 미터쯤 올라가 모퉁이를 돌자 차를 돌릴 수 있을 만한 공터가 나왔다. 그곳에서 차를 돌리려면 운전대를 열 번은 꺾고 돌려야 하니 미친 척하고 절까지 올라가자, 올라간 김에 남자가 우리 존재를 잊어버릴 때까지 천천히 구경하다가 편하게 돌려서 나오자는 합의가 연속으로 이어졌다. 마치 얄타 회담 – 포츠담 선언 – 모스크바 3상회의가 연속해서 개최되듯.

결국 차는 절까지 나 있는 흙길을 올라가 서너 대의 사찰 차량이 서 있는 곳에 세워졌다. 일행은 느긋하게 절을 구경했다. 내려가는 길에도 설왕설래가 이어졌다. 조립식 건물 앞 남자의 정체에 대해, 절 아래에서 차나 말을 세우고 굳이 걸어올라가게 하는 관습에 대해, 절에 새로 세워진 거대한 사찰 유래비의 설치비가 어디서 나왔을지에 관해.

그러다 하마비 앞에 차가 도착하자 전에는 없던 무릎 높이의 '일

단정지' 팻말이 도로 한가운데 세워져 있는 게 보였다. 차는 급정거했고 뒷자리에 무방비하게 있던 O의 머리가 차의 천장을 뚫고 나갈 뻔했다. J가 차 밖으로 나가서 팻말을 치우려 하자 남자가 나왔다.

"아이고, 미안합니다!"

J가 넉살 좋게 말하며 팻말을 집어드는데 남자가 낮고 무거운 목소리로 말했다.

"사람이 어째 그래요!"

그건 그 남자가 할 수 있는 최고의 항의 표시이자 최대한의 비난이었고 준엄한 질책이며 훈계였다. J는 한 사람당 2천 원의 입장료를 치르고는 다시 "미안합니다아! 미안합니다아!" 하며 차로 돌아왔다. 남자는 위엄 있게 서서 사천왕상 같은 눈을 부라리고 있었다. 한마디 논평을 하지 않을 수 없었다.

"진짜 이 시대의 어른이 저기 계시네."

그날 내내 그 '어른의 말씀'은 세 사람 사이에서 수백 번은 쓰였다. 꾸짖듯 가르치듯 설득하듯 호소하듯 다독거리듯…… 사람이, 어째, 그래요!

멸치 교향곡

제이가 일이 있어 부산에 간다고 했을 때 운석과 서성은 거의 동시에 소리쳤다.

"나도 갈 거야!"

제이가 의아한 얼굴로 물었다.

"너는 왜 가는데? 당신은?"

당신이라고 불린 운석이 먼저 대답했다.

"친구 따라 고향에 간다는데 뭔 이유가 필요해요."

제이가 서성에게 고개를 돌렸다.

"넌 무슨 볼일?"

"그걸 몰라서 묻나? 우린 같은 과가 아니었나? 네가 나를 그리도 모를 줄 몰랐어. 그동안 즐거웠네."

"같은 과라니? 너도 영문과였어? 공대 아니고?"

제이가 고개를 갸웃거리자 서성의 대사가 더 장황해질 것을 우려한 운석이 대신 대답해주었다. "국수 먹으러!"라고.

그로부터 이틀 만에 그들은 부산에서 조우했다. 서성은 점심은 밀면, 저녁으로 회국수를 먹고 난 뒤 밤 10시에 술자리가 끝나지 않은 일행을 뒤로한 채 호텔방으로 들어와 잠자리에 들었다가 다음날 아침 6시에 눈을 떴다. 그가 샤워를 마치고 나올 때까지 두 사람은 코를 골며 자고 있었다. 서성은 망설임 없이 호텔을 나서서 음식점이 즐비한 시장 골목으로 들어갔다.

그는 몇 걸음 가지 않아 전복죽을 파는 음식점을 발견했다. 죽과 물김치가 담긴 그릇을 숟가락 하나만을 이용해 설거지가 필요 없을 정도로 깨끗이 비운 서성은 휴대전화로 빈 그릇 사진을 찍어서 호텔에서 자고 있는 두 사람에게 전송했다. 그럼에도 결국 세 사람이 호텔 앞 카페에서 만난 것은 10시가 넘어서였다. 서성이 물었다.

"오늘 기차가 몇시에 떠나지?"

"오후 두시 반. 우리가 부산에서 밥 먹을 기회는 한끼밖에 없는데 지금 아침을 먹으면 점심을 먹기가 부담스럽겠어. 난 세상에서 가장 훌륭한 점심을 위해 과감하게 아침밥을 포기하겠소."

운석의 선언에 제이 역시 동조했다. 두 사람은 이미 호텔 안에서 운석이 이십대 초반 대학 시절 다니던 단골음식점에 가기로 합의하고 나온 참이었다. 서성은 자신도 당연히 같이 가겠다고 말했다. 그러고서 혼자 길 건너편에 있는 국수 집으로 들어가서 소면 한 그릇을 주문해 조용하게 국물 한 방울 남기지 않고 먹어치웠다.

12시가 조금 지난 시각, 세 사람은 용두산 공원 아래의 오래되고 좁은 골목 한가운데 있는 음식점에 들어섰다. 1층은 주방과 대여섯 개의 식탁이 들어 있는 좁은 공간으로 이루어져 있었는데 벽에는 화가들이 스케치한 초상들이 붙어 있었고 간단치 않은 사연을 담은 낙서가 그득했다. 모임이 있는 큰방과 화장실이 있는 2층에서 손님이 남기고 간 그릇을 들고 계단을 내려오던 안경 쓴 사십대 여자가 그들을 힐끗 보고는 "밥 떨어졌는데" 하다가 운석을 알아보고는 앉으라고 했다. 운석은 일행이 자리를 잡은 뒤 혼자 주방 앞으로 가서 주인할머니에게 인사를 하고 돌아왔다.

"이 집 할매가 우리 젊을 때 그림전시회 한다고 하면 슬쩍 불러다가는 봉투에 돈을 넣어서 보태 쓰라고 주머니에 넣어주시고는 했어요. 전시 끝나고 여기로 몰려와서 외상으로 술, 밥을 얻어먹은 건 또 얼마나 많았는지. 너무 늦거나 자취방 갈 돈 없으면 저기 방에서 방석 베고 자고 가기도 했고. 주인할매는 손님이 마음에 안 들면 밥 없다, 하고 한마디로 쫓아내. 이 집 메뉴도 밥, 그 한 가지야."

서성이 조그만 소리로 물었다.

118

"그럼 아까 밥 떨어졌다는 소리가 우리 같은 뜨내기는 도로 나가라는 이야기였소? 누구 인상이 그리 안 좋았나?"

운석은 대답하지 않았다. 다른 식탁 앞에 먼저 와 있던 사람들이 "이모, 여기 숭늉 좀 주이소!" 하고 여러 번 주문을 했으나 '이모'는 모습을 보이지 않았다 마침내 한 사람이 주방 앞으로 가서는 약소국의 외교사절처럼 굽실거리며 간청을 하고서야 스테인리스 그릇에 담긴 숭늉 한 그릇이 그의 앞에 놓였다. 운석이 논평했다.

"숭늉은 밥에 포함이 안 되는 거요. 손님이 마음에 들면 주고 마음에 안 들면 안 줄 수도 있는 거지."

그들은 주인의 마음에 든 모양이었다. 4인용 탁자가 비좁도록 밥과 시락국, 김치, 콩자반, 김과 간장, 초고추장, 창난젓 등속의 밑반찬, 고등어 자반, 멸치찌개, 쌈채소, 여분의 밥이 놓였다. 거기다 자연산 미역과 다시마가 날려져왔다.

"니는 서울 가서 밥이나 제대로 얻어먹나. 이런 거는 부산 아이모 절대 못 먹을 끼다."

주인할머니가 직접 사람 수만큼 숭늉을 가지고 와서 운석에게 말했다. 그러고는 서성을 향해 "이 사람은 와 이리 밥을 깨작거리쌓노. 이래 가 밥 한 그릇 지대로 다 묵겠나?" 하고 물었다.

"저 사람은예, 아침부터 지금까지 벌써 밥을 두 끼나 먹고 왔심더."

119

운석이 때를 놓칠세라 일러바쳤다. 서성이 그날의 두 끼가 '밥이 아니고 죽과 국수'였다고 소극적으로 항변했으나 주인할머니는 이미 수리부엉이 같은 시선으로 서성을 쏘아보고 있었다.

상추 위에 밥 한 숟가락에 된장, 고추, 양파 등속을 넣고 자작하게 끓인 멸치찌개를 적당히 끼얹은 뒤 매운 고추와 마늘 조각, 막 장독에서 퍼온 듯한 막된장을 얹어서 쌈으로 먹는 동안 사람들은 모두 말이 없었다. 입이 터져라 쑤셔넣고 씹느라 말을 할 수가 없기도 했다. 음식은 거장의 지휘를 받는 오케스트라처럼 정밀한 조화를 이루면서 마음을 울리는 깊은 맛을 만들어냈다. 특히 멸치찌개의 멸치는 죽방렴에서 잡아와 모양이 뭉개지지 않았고 비린내가 전혀 없었다. 멸치가 탁월한 독주자처럼 밥상 전체를 리드하면서 다른 음식의 부족한 점을 채우고 튀는 맛을 가라앉히는 인상적인 퍼포먼스를 보여주었다. 서성은 카미유 생상스의 〈오르간 교향곡〉 악보를 멸치들이 채우는 것을 상상하면서 밥그릇을 말끔하게 비워냈다.

"우아, 나 밥 다 먹었다!"

서성이 뿌듯하게 배를 두드리며 외치자 운석이 밥알이 절반쯤 든 숭늉 그릇을 그의 앞으로 내밀었다.

"이것까지 한 그릇 다 먹어야 먹었다 할 수 있소. 여기는 부산이니까."

멸치찌개 뚝배기가 두 번 채워지고 밥은 4인분 정도가 더 왔으며 김치, 김과 같은 반찬 역시 두세 번씩 더 공급되었다. 그 모든 것이 1인분에 6천 원이었다. 운석이 마침표를 찍었다.

"작년 가을에 개업 40주년 기념으로 잔치를 벌였대. 잔치에 온 손님들한테 전부 다 공짜로 대접을 했다네요."

지나가던 손님이 거기에 한마디 덧붙이고 갔다.

"그 잔치, 하루도 아이고요. 사흘을 내리 했심더."

홀린 사람

어느 사냥꾼이 어느 해 겨울, 사냥을 하러 갔다. 멧돼지가 많이 출몰하는 산간마을 주민들이 가르쳐준 대로 적당한 장소에서 매복하여 기다리고 있었다.

멧돼지를 잡으려고 매복할 때에는 제일 좋은 상등급의 목(상목), 중간급의 목, 하등급의 목이 있는데 일행 중 사냥에 가장 능숙한 사냥꾼이 상목에서 기다리는 게 보통이다. 상목에 있는 사냥꾼이 멧돼지를 일격에 쓰러뜨리지 못한다 하더라도 부상을 입힐 가능성이 높고 그 때문에 그 아래쪽에 있는 다른 사냥꾼이 부상한 멧돼지를 쏘거나 함께 추격하여 쓰러뜨릴 수 있게 된다.

그런데 그 사냥꾼은 그에 해당될 게 없는 것이, 혼자 갔고 혼자 목을 잡아 혼자 기다리고 있었던 것이다. 반드시 멧돼지를 잡아야 한다거나, 씹어 먹어야 한다거나, 쓸개를 팔아 늙은 어머니에게 용돈을 드려야 한다거나 해서 간 게 아니었다. 낚시꾼이 낚시를 가듯, 그 사냥꾼은 사냥을 하고 싶어 간 것뿐이었다.

멧돼지가 자신의 냄새를 맡을 것을 염려해 사냥꾼은 바람이 불어오는 방향을 마주보고 비옷을 뒤집어쓴 채 새벽부터 밤까지 줄곧 멧돼지를 기다렸다. 사냥철이 시작되기 전에는 밤과 낮에 비슷하게 활동하던 멧돼지들은 사냥꾼들이 쏟아져들어오는 겨울이 되면 낮에는 거의 활동하지 않는다. 사냥꾼들은 어두워지면 총을 경찰서나 파출소에 맡기도록 법으로 정해져 있다. 곧 밤에는 사냥을 할 수 없고 밤에 사냥하는 사람들은 불법 사냥을 하는 사람이다. 멧돼지들도 바보가 아니니까 낮이 밤보다 더 위험하다는 건 안다. 그런데 합법적으로 사냥을 하는 이 사나이가 혼자 매복하고 있는 산곡간에는 내내 처량한 바람 소리만 울려퍼졌을 뿐 멧돼지커녕 까마귀 한 마리 날지 않았다. 심심해서 사냥을 떠나온 그에게 자연산 심심함이 눈송이처럼 내려쌓이고 있었다.

심심함의 극치를 경험하고 있던 그의 눈에 문득 밤송이가 하나 보였다. 그는 밤송이의 가시를 세기 시작했다. 하나, 둘, 셋, 넷…… 그는 아무런 방해도 받지 않고 가시 숫자를 다 세는 데 성공했다. 그 숫자는 814였다. 그러느라 허기를 느낀 그는 냄새를 최소화하기 위해 특별히 만든 미숫가루와 빵을 먹었다.

그는 또 기다리고 기다렸다. 멧돼지고 말똥가리고 개미고 간에 기척도 없었다. 그가 엎드려 있던 곳에 체온으로 눈이 녹으면서 또 하나의 밤송이가 드러났다. 크기가 아까 밤송이의 3분의 2밖에 안 되는 작은 것이었으나 그는 무척 기뻐하며 가시 숫자를 세기 시작했다.

"밤송이는 크기에 상관없이 가시의 숫자가 일정하다는 결론을 얻었대. 약 800개더라는 말씀."

이야기를 전해준 사람이 말하자 여기저기서 반응이 나왔다.

"멧돼지 잡으러 갔다가 결론을 잡은 거야?"

"결론이라는 놈은 털이 몇 개나 된다는데?"

좌중이 시끌벅적할 때는 별말 없던 친구가 나중에 나섰다.

"까치가 집 지을 때 나뭇가지를 몇 개나 물어 나르는지 아는 사람?"

아무도 답을 못하자 그는 스스로 대답했다.

"2000에서 2200개 사이야. 어릴 때 내가 나무에 올라가서 하나하나 세봤지."

삼각관계

여기 세 사람이 이가 시리도록 희디흰 겨울달빛 속에서 삼각형을 이루고 서 있다. 때는 한 해의 마지막날에서 다음해의 첫날로 넘어가고 있는 한밤중이다. 낙양 남쪽의 산으로 낙양 읍민들의 정신적 지주이자 초등학생들의 단골 소풍지이고 한여름의 대표적 피서지이며 주말 유원지에 공원이기도 한, 만장산 입구에 선 세 사람은 서로를 바라보며 입을 떼지 못하고 있다. 땅에는 눈이 하얗게 덮여 있고 하늘에는 보름달이 떠 있어서 서로의 얼굴을 알아보는 건 어렵지 않다.

세 사람이 이루고 있는 이등변삼각형의 맨 아래쪽 꼭짓점에 있는 사람은 승복을 입고 고무신을 신었으며 바랑을 졌지만 머리는 셋 중

가장 길다. 머리로 미루어 해발 807미터인 만장산 꼭대기 바로 아래에 있는 만장사에 있는 스님은 아니다. 그렇다면 왜 스님 같은 복장으로 만장사로 가는 길목에 서 있는가. 그는 산에서 도를 닦는 사람이다. 이등변삼각형의 왼쪽 꼭짓점을 이루는 사람은 그의 중학교 동창인데 그렇게 알고 있다. 오른쪽 꼭짓점에 있는 사람은 그런 사실을 모른다. 오른쪽은 왼쪽의 초등학교 후배이지만 아래쪽과는 아무 관련이 없다. 왼쪽도 중학교를 졸업한 이후 아래쪽을 만난 적이 없고 소문으로만 아래쪽이 명산대찰을 찾아다니며 무엇인가를 찾고 있다는 것을 들어 알고 있었다. 그러므로 왼쪽이 아래쪽에게 "너 아직도 그 나이에 무슨 공부를 하네, 도를 닦네 하면서 방황하고 있냐"라고 물을 수도 있다. 그런데 아래쪽에서 왼쪽과 오른쪽을 올려다보며 "너희들 지금 도 닦는구나"라고 해도 이상할 게 전혀 없다. 왼쪽, 오른쪽은 지금 맨발로 만장산에 갔다가 내려오는 길이고 추위로 이를 딱딱 부딪치며 떨고 서 있다. 한겨울 한밤중에 맨발로 눈 덮인 만장산을 오르내린다는 건 일상적인 일이 아니라 도 닦는 행위에 가깝다.

세 시간 전에 두 사람은 읍내의 술꾼들이 마지막으로 들르는 해장국집에서 우연히 만났다. 왼쪽은 집이 해장국집 뒷골목에 있었고 마지막으로 한 잔만 더 마시기 위해 단골집에 들렀던 참이었다. 오른쪽은 일찍부터 친구들과 해장국집에 함께 앉아 다음해의 설계를 하고 있었다. 그 외에도 해장국집 안에는 한 해의 마지막날에 집으로 가지 못하거나 가지 않은 사람들 대여섯 명이 졸든가 술을 마시든가 하며 텔레비전에서 방송되는 송년특집 프로그램을 보고 있었다.

"형님 오셨습니까?"

왼쪽이 해장국집에 들어서자 오른쪽은 반사적으로 일어나서 인사를 했다. 왼쪽은 손을 흔들며 자리에 앉으라고 하고 함께 일어난 오른쪽의 친구들에게 인사를 건넸다. 서로가 낙양 읍내 좁은 바닥에서 살다보니 대충 낯이 익은 사이였다.

"너들은 집도 절도 없나, 오늘 같은 날 왜 집에는 안 가고 여서 이래 개기고 있나?"

"형님 결혼하시더마 마이 달라지셨습니다. 서운합니다, 형님."

"야, 가정 있는 사람이 가정을 지켜야지. 그런데 무슨 이야기를 하느라 그래 시끄럽나."

오른쪽의 친구 중 하나가 설명했다. '저희가 내년부터 등산회를 만들어서 한 달에 두 번씩 산에 가려 합니다. 우선 낙양읍 주변에 있는 산부터 하나씩 올라갈 계획인데 맨 처음 목표가 만장산입니다.'

"야, 내가 너들 나이 같으마 만장산쯤이야 한 달에 두 번 아이라 하루에 두 번도 올라가겠다."

왼쪽과 오른쪽의 나이 차이는 두 살밖에 되지 않았다. 그것 때문이었을까. 오른쪽이 취한 눈을 치켜뜨고는 말했다. '형님, 그렇게 체력에 자신이 있으시면 내일 한번 우리 만장산 밑에 가서 누가 꼭대기까지 먼저 올라가는지 시합 한번 할까요.'

"내일 할 기 뭐 있노. 12시가 다 됐으이 오늘이 곧 내일이고 내일이 고마 오늘인데. 할라마 지금 하자."

왼쪽은 그때쯤 오른쪽에서 '아이고 형님. 이 밤중에 산에 어떻게 갑니까. 아직 형님은 젊은 우리보다 훨씬 힘이 넘치십니다' 하고 물러설 줄 알았다. 그러면 자신도 '말이 그렇지 지금 산에 가는 미친놈이 어디 있나. 또 가보나마나 젊은 네가 나보다 훨씬 낫겠지' 하고 송구영신을 기념하는 건배를 하려고 했다. 그러나 새해에도 세상은 그의 뜻대로 되지 않을 모양이었다.

"아니 형님. 진짜 그래 한번 해보실랍니까. 형님 장가가서 아 낳고 키우니라 힘 다 뺐을 긴데 아직 뭐가 남아 있습니까."

그때 왼쪽의 머릿속에서 끓는 물에 들어간 온도계의 수은주가 치솟듯 무엇인가 치솟아올랐다. 그것은 곧 콧속을 뜨뜻하게 덥히면서 머리카락을 멧돼지 털처럼 곤두서게 하더니 "됐나?"라는 낙양 특유의 말이 되어 튀어나왔다. "됐심다!" 오른쪽의 대답이 즉각적으로 돌아왔다. 왼쪽은 흥분 속에서 계산을 치르고 마침 해장국집 바로 앞에 서 있던 택시에 올라탔다. 오른쪽이 질세라 택시 문을 열고 앞자리에 올라탔다. 오른쪽의 친구들이 소리 없이 보내는 응원을 뒤로한

채 만장산 입구로 가는 동안 왼쪽은 차츰 흥분이 가라앉았다. 왼쪽
은 조용한 목소리로 오른쪽에게 말했다.

"야, 우리 그냥 올라가기 심심한데 신발 벗고 가는 거는 어떠냐?"

그때쯤 옆에서 바라봐주는 친구들도 없는 오른쪽이 '형님, 제가
졌습니다' 하고 나왔으면 그들이 한겨울 오밤중에 산꼭대기까지 짐
승처럼 씩씩거리며 올라갈 일은 없었을 것이다. 오른쪽은 대답도 없
이 택시 안에서 신발을 벗더니 아예 양말까지 훌렁 벗어버렸다.

"이 자슥이 정말…… 진짜 됐나!"

"됐심다!"

산에 올라갈 때는 힘이 들긴 해도 땀이 나서 춥지는 않았지만 내
려올 때는 미끄러지고 넘어지면서 제대로 걸음을 옮길 수 없었다.
추위와 발바닥의 아픔 때문에 자신들이 애초에 무엇 때문에 그곳에
왔는지 생각할 수도 없었다. 어떻든 만장산 눈 속에 새해 첫번째로
길을 낸 건 두 사람이었다. 다음에 올 사람을 위해서 그런 건 아니었
지만 길을, 도道를 닦은 건 확실했다. 그것도 맨발로.

이제 세 사람은 달빛 아래 삼각형을 이룬 자세를 풀 것이다. 한 사
람은 산 위로, 두 사람은 산 아래로 갈 것이다. 한 사람은 고무신을
신고, 두 사람은 맨발로, 각자 도를 닦으러.

우리들의 신부님

1. 한다면 한다

T시의 S동 성당 주임사제였던 민요한 신부, 그는 기골이 장대하고 얼굴은 사과처럼 붉었으며 눈은 호기심으로 반짝거렸다. 성격이 급하기도 했지만 한번 마음을 먹으면 끝까지 밀고 나가는 고집도 있었다.

어느 날 민신부의 친구가 기차역으로 온다는 통지가 왔다. 오기로 한 손님은 다른 지역의 성당에 있는 외국인 사제였는데 두 사람은 십수 년 만에 만나는 것이었다. 기차역에서 성당까지는 걸어서 이십여 분쯤 되는 거리였지만 민신부는 한여름이라 꽤나 더울 것을 감안하여 직접 차를 몰고 마중을 나가기로 했다. 그런데 그 차라는 것이

운행하기 시작한 지 십수 년에 총 주행거리는 30만 킬로미터를 돌파한 지프로 산이고 들이고 간에 안 간 데 없이 다닌 역전의 용사였다. 성한 데보다는 상한 데가 더 많은 그 지프가 움직이는 게 신기할 정도라는 게 그 차를 본 사람들의 중론이었다. 물론 민신부는 그런 말에는 전혀 개의치 않았다.

해마다 여름이면 전국에서 가장 더운 도시로 언론에 등장하곤 하는 T시의 한낮에 '크르르르흐 큭큭큭' 하는 탱크 소리를 내며 민신부의 지프가 S동 시장 앞 거리를 지나갔다. 가게 주인들은 밖을 내다보며 웃음을 교환했다. 그냥 바라만 봐도 웃음이 나는 사람과 사물이 있는 법인데 민신부가 바로 그런 사람이었고 늘 목에 가래라도 걸린 듯 큭큭거리는 지프가 바로 그런 차였던 것이다.

젊은 부제*가 지프의 조수석에 앉아 있었다. 지프는 냉방장치가 고장난 지 이미 오래였다. 부제는 더운 날씨에도 불구하고 발목까지 내려오는 긴 수단**을 입은 채 대책 없이 땀만 줄줄 흘리고 있었다. 민신부는 흑백이 반반인 수염이 듬성듬성 뻗친 얼굴로 눈이 마주치는 사람들에게 손을 들어 인사하기도 하면서 운전을 하고 있었다.

마침내 차가 기차역에 도착했다. 역 광장은 아스팔트를 녹이기라

---

* 사제 서품을 받기 전의 성직자로 일선 성당에서 사제를 보좌한다.
** 가톨릭 성직자들이 입는 검은색 옷으로 '밑까지 내려오는 옷'이란 뜻의 프랑스어 'soutane'에서 유래했다.

도 할 듯 맹렬한 기세로 쏟아지는 햇빛 아래 생명이 있는 것이라면 모두 개의 혓바닥처럼 늘어진 채 숨을 죽이고 있었다. 차가 많지 않던 시절이라 광장 한편에 주차장이 있었고 역 정문 바로 앞에도 잠깐씩 차를 세우고 사람이 타거나 내릴 수 있게 되어 있었다.

기차가 곧 도착할 때가 되었으므로 민신부는 지프를 역 정문 바로 앞에 대고 차에서 내렸다. T시의 사정이나 교통 법규, 운전 등에 대해 아는 게 별로 없는 부제는 뜨겁게 달아오른 차에 앉아 민신부가 돌아오기만을 눈이 빠져라 기다리고 있었다.

기차는 정시에 도착했고 눈이 파랗고 피부가 흰 외국인 신부와 민신부가 만났다. 두 사람은 손을 마주잡고 그동안의 안부를 물으며 친구가 이전과 다름없이 활기차게 살아가고 있음을 확인했다. 그러는 동안에도 부제는 팥죽 같은 땀을 흘리고 있었다.

역 광장으로 걸어나온 외국인 신부는 친구의 차를 보고 놀라 휘파람을 불었다. 민신부가 설명했다.

"저 차가 한국에서만 지구를 예닐곱 바퀴를 돌 만큼 다녔다네. 앞으로도 다섯 바퀴는 너끈히 더 돌 수 있을 거야."

부제가 차에서 내려 인사를 했다. 외국인 신부는 부제의 손을 잡고 나이들어서도 철이 없는 친구를 잘 부탁한다고 말했다. 외국인 신부가 조수석에, 부제가 뒷좌석에 오르자 민신부는 차의 시동을 걸었다. 다음 순서로 후진기어를 넣고 가속페달을 밟았다. 차가 넓은 길로 빠져나온 뒤 민신부는 전진을 하기 위해 기어를 1단으로 바꿨다. 그러나 발이 허공을 짚은 듯 기어가 제대로 먹히지 않고 엔진만 헛도는 것이었다. 다시 기어를 넣었다 뺐다 해보았지만 마찬가지였다.

"아, 이 녀석이 또 말썽을 부리네. 안 되겠다. 김비오, 네가 나가서 밀어야겠다."

민신부는 자주 있는 일인 듯 대수롭잖게 말했다. 부제는 불볕 더위로 달아오른 길바닥에 내려서서 차를 밀기 시작했다. 그러나 차는 한 사람이 밀어서는 꼼짝도 하지 않을 정도로 무거웠다. 민신부는 잠시 생각에 잠겼다. 그러고 나서 결단을 내렸다.

"후진으로 간다."

문제는 실내거울 말고는 차 양쪽의 거울이 다 부서지고 없다는 것이었다. 민신부는 부제에게 걸어가며 수신호를 하라고 했다. 수단을 입은 부제는 다른 차를 막는 한편 손으로 신호를 해서 차를 성당으로 향해 가는 도로로 인도했다. 오가는 차도 거의 없었으니 큰 문제는 없었다. 차가 뒤로 간다는 것 말고는.

부제는 수신호를 보내며 계속 걸어갔다. 지프는 부제의 뒤를 따라 후진하여 성당으로 향했다. 길 양쪽에 있던 사람들의 눈길이 일제히 이 기이한 행렬에 집중되었다. 오가는 사람들도 걸음을 멈춰서 구경을 했고 차들도 속도를 늦추었다. 태양마저 잠시 그들을 지켜보느라 정신이 팔려 뜨거움이 덜해진 듯했다.

부제는 땀을 줄줄 흘리면서도 연신 "오라이 오라이, 똑바로, 왼쪽, 오른쪽, 천천히"를 외쳤다. 조수석의 외국인 신부는 차 밖으로 고개를 내밀고 계속 "오 마이 갓! 오 주님!" 하고 기도인지 감탄인지 모를 단어를 쏟아내고 있었다.

어쨌든 역에서 출발한 지 삼십여 분 만에 지프는 무사히 성당 앞마당에 도착했다. 부제의 회고에 따르면 그날 수단 속의 몸은 온통 땀으로 젖었다고 한다.

"정말 그 황소고집은 말릴 사람이 없어요."

그 이야기에 내가 별로 반응하지 않자 이야기를 해준 사람은 이런 말을 덧붙였다.

"우리 T시에 사는 사람들은 기차역하고 성당 사이가 어떤 덴지 잘 알거든예. 그걸 아는 사람들은 죽어라고 웃습니다."

2. 아이스크림이 녹는 동안

시간이 흘러 부제도 민신부에 대해서는 어지간히 파악하게 되었다. 한여름 땡볕에 기차역에서 성당까지 후진으로 차를 몰아오는 민신부의 고집을 다시 경험할 일도 생겨나지 않았다. 하긴 그때 민신부도 목을 뒤로 돌린 채 삼십여 분 동안 운전을 하고 나서는 목에 얼음찜질을 했을 정도로 고생을 했으니 시행착오는 한 번으로 충분했다.

기어 수리가 끝난 지프는 성당 앞마당에 늠름하게 서 있었다. 신부님이 부제에게 필요하면 그 차를 언제든 쓰라고 했지만 부제는 그 차만 보면 저절로 걸음이 빨라지면서 진땀이 나는 증상이 생겨나 있었다. 일이 있어 어디 멀리 갈 때에 성당에 멀쩡한 지프를 두고 택시를 탄다는 것도 못할 일이었고 그렇다고 걸어가는 건 무리였다.

뭔가 탈것이 필요하긴 했다. 부제가 성당 살림을 잘 아는 신도회 회장에게 이야기하고 마침 신도 중에 오토바이 가게를 하는 사람이 있었던 까닭에 성당 예산으로 부제가 타고 다닐 오토바이를 구입하게 되었다.

어느 토요일 오후 오토바이가 당도했다. 소싯적에 오토바이를 몰아본 경험이 있던 부제가 바라던 대로 배기량 125cc의 아담한 오토바이였다. 오토바이가 배달되던 날, 성당에는 민신부도 함께 있었다.

"신부님, 오토바이 타보셨어요?"

부제가 묻자 민신부는 고개를 흔들었다.

"내가 경운기부터 세단, 지프, 트럭, 포클레인, 트랙터, 모터보트 다 몰아봤지만 오토바이는 못 타봤다."

새 오토바이는 반짝반짝 빛이 났고 시동을 걸자 엔진에서 '캬등

캬둥 캬둥' 하는 선명한 금속성金屬聲이 울렸다. 부제는 그 오토바이
가 귀여워 죽을 지경이었다.

"그럼 제가 타는 거 한번 보실래요?"

"그럴까?"

두 사람은 성당 앞 큰길로 나섰다. 날이 무척 더웠지만 부제는 수
단을 입고 있었으며 민신부는 간편한 셔츠 차림이었다.

"신부님, 덥기도 하고 새 오토바이 들어온 거 축하도 할 겸 아이
스크림 하나 드실래요? 제가 저기 길 건너편 가게 가서 사오겠습
니다."

"음, 그래. 그거 좋지."

오토바이와 민신부는 남고 부제는 길을 건너서 구멍가게로 들어
갔다. 부제는 민신부의 취향을 감안하여 콘 형태의 아이스크림 두
개를 사서 양손에 하나씩 들었다. 그런데 밖으로 나온 부제의 눈에
민신부도, 오토바이도 보이지 않았다.

"아이쿠, 신부님!"

부제는 허둥지둥 길을 건너갔다. 사방을 살피는 중에 바로 옆 초
등학교의 담장 너머에서 무슨 소리가 들려왔다.

"캬드드등 캬우웅!"

부제는 양손에 아이스크림을 하나씩 쥐고 뛰기 시작했다. 횃불을
양손에 든 성화 봉송 주자처럼. 삼십여 초 만에 학교 마당에 들어선

부제의 눈에 운동장을 빠르게 돌고 있는 오토바이가 보였다. 그건 부제가 한 번도 타보지 못한 바로 그 오토바이였고 타고 있는 사람 또한 보나마나 새것, 안 해본 일이라면 사족을 쓰지 못하는 호기심의 대왕, 민신부였다.

"신부님!"

부제가 목이 메어 외쳐 부르자 민신부는 오토바이를 타고 움직이며 부제에게 다가와 뭐라고 외쳤다. 오토바이 엔진음과 거리 때문에 잘 들리지 않았다.

"뭐라고요?"

오토바이는 다시 멀어져갔다. 운동장을 한 바퀴 돌고 온 오토바이 위에서 민신부가 말했다.

"미안하다고! 근데, 김비오!"

그러면서 오토바이는 멀어져갔다. 또 한 바퀴를 돌고 온 오토바이 위에서 민신부가 물었다.

"이거 어떻게 하면 멈춰?"

오토바이는 다시 멀어져갔다.

"브레이크를 잡으세요!"

오토바이가 가까이 왔을 때 부제가 외쳤다.

"브레이크가 어디에 있는데?"

오토바이는 또 멀어져가서 한 바퀴를 돌고 돌아왔다.

"오른손으로요, 거기 튀어나온 거 있잖아요! 그거 꽉 잡아당기……"

오토바이가 다시 멀어져가는 바람에 부제는 말을 멈출 수밖에 없었다. 아이스크림이 줄줄 녹고 있었다.

"이렇게? 안 되는데?"

운동장을 한 바퀴 돌아 가까이 온 민신부가 다시 물었고 부제는 최대한 빠르게 오토바이를 멈추는 법을 설명했다. 그렇게 예닐곱 바퀴를 더 돈 뒤에야 오토바이는 멈추었다. 축구를 하다 말고 두 사람을 구경하던 아이들이 웃음을 터뜨리고 있었다.

"아이스크림이 다 녹아버렸구나."

오토바이에서 내린 민신부가 겸연쩍게 웃으며 부제의 두 손을 흠뻑 적시고 있는 아이스크림을 가리켰다. 부제는 껍질만 남은 아이스크림을 든 채 천만 가지 감정을 담아 민신부를 불렀다.

"아, 정말, 신부님!"

"응? 나?"

"그래요! 여기 신부님 말고 신부님 같은 신부님이 세상에 또 어디 있다고요!"

138

따개비, 그리고 동남동녀 이야기

　혹시 따개비죽이라는 음식, 드셔보셨나요? 따개비는 바닷가에 딱 붙어서 사는 납작한 조개로 몸 크기가 1~1.5센티미터밖에 되지 않고 손질이 까다로워서 먹는 곳이 별로 없죠. 저도 몇 해 전 울릉도에 가서 처음 먹어봤습니다. 따개비죽만 있는 게 아니라 따개비밥, 따개비칼국수도 있었는데 어쩐지 따개비죽이 제일 맛있게 보였습니다. 실제로 둘이 먹다 하나가 죽어도 모를 정도로 맛있더군요.

　울릉도는 오징어를 비롯한 해산물이 풍부하게 나고 명이나물, 부지깽이나물, 더덕 같은 산나물 천국이며 약소, 호박엿 등등 먹을 것 천지에 천혜의 비경을 갖춘 보물섬이죠. 하지만 신라 지증왕 때 (512년) 이사부 장군이 우산국을 복속시킨 이래 육지의 중앙정부에서는 풍랑과 외침, 재해 등이 자주 발생한다는 이유로 때로는 섬을 비우고空島 때로는 주민을 이주시키는徙民 정책을 되풀이해서 시행했다고 하지요. 그만큼 살기 어려웠다는 이야기입니다. 근래 유명해진 명이나물은 울릉도에서 눈이 많은 겨울을 지나며 먹을 게 떨어진 사람들이 산마늘을 캐먹고 목숨(명)을 이은 데서 이름이 유래했다고 합니다.

울릉도에 처음 갔을 때 제가 맨 먼저 먹으려 했던 건 울릉도의 약소였습니다. 20대의 어느 겨울 절간에서 한철을 함께 보낸 고시공부하던 친구가, 긴긴 밤을 보내며 각자 먹고 싶은 것을 이야기할 때 울릉도 약소에 대해 이야기를 해줬지요. 울릉도의 험준한 절벽 사이로 난 벼랑길로 지게에 얹혀간 송아지가 고원의 특산 약초와 풀을 먹고 자란 뒤 사람들의 눈물 속에 도축되고 고기로 나뉘어 원래 왔던 곳으로 되돌아간다나요. 그만큼 맛이 특별하고 냄새마저 향긋하다는 것이었습니다. 물론 그 친구의 '창작 전설'이었지요.

두번째로 먹으려 했던 건 울릉도의 오징어입니다. 그것도 배오징어라 해서 막 잡은 오징어를 배 안에서 동해의 해풍과 뜨겁고 맑은 햇볕에 말린 것인데 라이터 불기만 닿아도 도르르 말릴 정도로 탄력과 쫄깃거리는 맛이 일품이라는 거였죠. 극소량밖에 생산되지 않아서 운이 좋아야 먹을 수 있다고 했습니다. 세번째는 울릉도에서만 나는 산채로 만든 비빔밥이었습니다. 네번째가 뿔고둥 소라 전복 등의 자연산 해산물로 만든 회, 그다음이 홍합밥, 호박엿…… 그런데 정작 제가 가장 먼저 먹게 된 건 울릉도 토박이가 추천하고 데리고 간 따개비 음식 전문점의 따개비죽이었지요.

따개비죽을 맛나게 먹고 한때 우산국의 수도였다는 태하리로 향했습니다. 차에서 내리자 짙푸른 동해가 가슴이 벅차게 펼쳐지고 환하고 밝은 햇빛이 "안녕하시오!" 하고 환영사를 던져오는 것 같더군요. 바닷가 마을숲 안쪽에 단청이 칠해진 신당이 있었습니다. 이름이 성하신당聖霞神堂이라는 성황당으로 울릉도의 수호신이라는 소년과 소녀의 상이 모셔져 있었는데 보는 순간 가슴이 서늘해졌습니다. 왜 다른 곳에서는 찾기 힘든 소년, 소녀일까요.

전해내려오는 이야기에 의하면 1417년(조선 태종 17년), 안무사 김인우는 조정의 명을 받들어 울릉도의 거주민을 전원 육지로 이주시키기 위해 병선 두 척을 이끌고 지금의 울릉군 서면 태하리에 도착했습니다. 섬 전체의 순찰을 마친 뒤 다음날 출항하여 귀환할 작정으로 잠자리에 들었는데 꿈에 해신海神이 나타나더니 "일행 중 동남동녀, 곧 소년과 소녀 하나씩을 섬에 남겨두고 가라!"고 하는 것이었습니다.

김인우는 꿈에 개의치 않고 이튿날 바로 출항을 하려고 했는데 예기치 않던 풍랑이 몰아쳐서 도저히 배를 띄울 수가 없게 되었습니다. 며칠을 보냈으나, 바람이 멎을 기세는 보이지 않고 점점 더 심해져가기만 했다지요. 결국 안무사는 꿈을 기억해내고 소년과 소녀를 한 쌍 불러서는 자신이 숙소에 지필묵을 두고 왔으니 가져오라고 심부름을 보냈습니다. 소년과 소녀가 물건을 가지러 간 사이 풍랑이 거짓말처럼 멎고 장판을 깔아놓은 듯 바다가 잔잔해졌지요. 안무사는 지체 없이 배를 출발하게 했습니다. 소년과 소녀가 배가 있는 곳으로 다시 돌아왔지만 배는 벌써 큰 바다 멀리로 나아가고 있었겠지요.

육지로 무사히 돌아온 안무사와 일행은 섬에 두고 온 소년과 소녀에 대한 미안함으로 마음이 편할 날이 없었습니다. 나중에 다시 조정의 명을 받고 울릉도로 가게 된 안무사는 제일 먼저 소년과 소녀의 행방을 찾아보게 했습니다. 이윽고 자신이 묵었던 숙소 근처에 소년과 소녀가 서로를 꼭 껴안은 채 백골이 되어 있던 것을 발견하게 됩니다.

안무사는 억울하게 죽은 동남동녀의 혼백을 달래고 애도하기 위해 그곳에 사당을 지어 제사를 지내게 했답니다. 그후 매년 음력 3월 초에 정기적으로 제사를 지내면서 한 해의 풍작, 풍어를 기원하고 바다에서의 무사함을 빌게 되었다는 것입니다. 새로 건조한 선박의 진수식이 있을 때에도 제사를 지낸다고 했습니다.

성하신당 앞바다의 바위며 방파제에 따개비들이 다닥다닥 붙어 있습니다. 삿갓 모양의 단단한 석회질 껍데기를 가진 따개비는 부착

성이 강해 웬만한 파도에는 떠내려가지 않고 일생을 한자리에 붙어서 삽니다. 공기 중에 노출되었을 때는 수분 증발을 막기 위해 껍데기의 입구를 꼭 닫은 채 있다가 몸이 물에 잠기면 입구를 열어 넝쿨같이 생긴 여섯 쌍의 만각을 휘저어 플랑크톤을 잡아먹지요.

따개비는 자웅동체, 암수 한 몸입니다. 한자리에서 서로 껴안고 죽어 백골이 된 동남동녀를 연상케 하더군요. 따개비는 교미를 할 때(교미를 하지 않았다면 제가 그토록 맛있는 따개비죽을 얻어먹을 수 없었겠지요) 유연한 생식기를 옆에 사는 개체에 뻗어 번식을 한다네요. 상대도 암수 한 몸이니 구태여 암수를 구별할 필요가 없겠지요.

울릉도의 따개비는 다른 곳의 따개비보다 훨씬 크고 식감이 쫄깃쫄깃하며 맛이 풍부하답니다. 동남동녀는 거친 바다와 험준한 산령으로 덮인 섬에서 살아가는 사람들의 삶을 수호하는 신이 되었습니다. 따개비는 맛있는 죽이 되고 칼국수가 되고 밥이 되고…… 그것을 먹는 사람들의 일부가 되겠지요. 고마운 일입니다. 때로 눈물겹게 미안하고.

미안하다, 아이들아. 말하고 보니 지금으로부터 정확하게 600년 전에 이미 소년, 소녀였던 분들이네요. 고맙습니다, 할아버지. 꼭 기억하겠습니다, 할머니.

전문가들

　근래 고향에 갔다가 만나게 된 사람은 유난히 무덤이 많은 동네에 살고 있었다. 청동기시대부터 고려시대, 조선 초에 이르기까지의 고분이 도처에 즐비하게 있었다. 어린 시절에는 거기서 나온 도자기 조각이 발에 차일 정도였다고 한다. 그 역시 할아버지나 아버지가 주워다놓은 그릇을 몇 개 가지고 있다. 성한 건 별로 없지만 모양 자체가 아름다워서 귀하게 간수하고 있노라고 했다.

　그러던 어느 날 그는 앞집에 놀러갔다가 재떨이로 쓰이고 있는 아주 말짱한 도자기를 발견했다. 들고 살펴보자 진품이 분명했고 바닥에 날아가는 학이 선명하게 그려져 있는 청자였다. 주인의 눈치를 살피던 그는 재떨이가 어디에서 났느냐고 물었다.

"그거? 작년 봄인가 재작년 겨울인가 밭 갈다가 나왔어. 다른 건 다 쪼가리가 나서 버렸는데 그거 하나 멀쩡하기에 갖다놨지. 그래도 남의 무덤에서 나온 거라서 뭘 담아 먹기는 꺼림칙해서 대털이로나 쓰고 있어."

같은 동네에서 나서 자라 군대 다녀올 때를 빼고는 동네를 떠난 적이 없는 채로 농사를 지어온 앞집 주인은 재떨이를 대털이라고 말하는 버릇이 있었다. 반면 어릴 적에 도시에 나가 공부하고 취직하고 살다가 나이가 들어서 얼마 전 귀향한 그는 재떨이 주인에게 그 재떨이, 팔 생각이 없느냐고 진지하게 물었다.

"왜? 집에 대털이 없어?"

"저 2년 전에 담배 끊었는데요."

"그래? 사람 그렇게 안 봤는데 독하네. 그런데 대털이를 왜 팔라고 그래?"

"집에 그거하고 비슷한 게 있는데 두 개를 같이 놓으면 서로 안 심심해할 거 같아서 그럽니다."

"됐어. 담배 끊는 독한 놈하고는 거래 안 해."

그러더니 주인은 잽싸게 재떨이를 자신의 등뒤로 감추었다. 십여 분 후 조르다 지친 그가 포기하고 일어설 때까지 재떨이를 보여주지도 않았다.

"에이, 그러는 게 아니지요. 시골에서는 그런 식으로 하면 안 돼요."

내가 아는 척하자 그가 그럼 어떻게 하면 그 재떨이를 자신의 것으로 할 수 있겠느냐고 물었다.

"그 물건은 이젠 늦었으니까 포기하세요. 그 양반 집주소하고 이름, 전화번호를 가르쳐주시면 그 물건은 제가 어떻게든 가져갈게요. 대신 제가 그런 물건을 쉽게 얻을 수 있는 진짜 좋은 방법을 가르쳐드리겠습니다. 나중에 비슷한 경우가 생기면 써먹으시라고."

그는 정말인 줄 아는지 내게 주소와 이름을 알려주었다. 나는 곧 대가를 지불했다. 말로만.

"다음에 그런 게 보이면 아무 이야기도 하지 말고 가만히 있다가 '형님, 나 이거 갖고 가유' 하고 냅다 들고 튀면 돼요. 판단할 시간을 주지 말고 빨리."

"가만히 있을까요?"

"나중에 찾아오면 유리나 구리로 된 거로 준비해놨다 주든가 그 재떨이 깨져서 버렸다고 하시면 되죠."

우리 두 사람의 대화를 가만히 듣고 있던 전문가—실제로 문화재를 많이 다뤄본 적이 있는 사람이 웃으며 말했다.

"두 분 다 큰일나시겠네요. 아니 앞집 양반까지 세 분 다. 개인이 땅이나 바닷속에서 문화재를 발견하면 당국에 신고해야 됩니다. 그러면 그걸 감정을 해서 국가에서 보상해주죠. 개인이 자기 논이나 산에서 주웠다고 집에 갖다놓으면 법에 걸립니다. 법대로 하면 3년 이하의 징역이나 3천만 원 이하의 벌금형을 받습니다. 해당 물건은 몰수하고요. 그러니까 누가 그런 거 어디서 났느냐고 물으면 대대로 물려내려왔다거나 다른 사람한테서 샀다고 해야 돼요."

나는 청자 재떨이 주인을 찾아가는 일을 그 자리에서 포기했다. 전문가는 또 이런 이야기도 해주었다.

"몇 년 전에 어떤 사람이 일본에 가서 국보급 문화재를 가지고 돌아온 적이 있습니다. 고려 때 금동불상인가 사리함인가 그랬는데 일제 때 일본인들이 귀한 걸 알고 가져간 거죠."

"맞아. 우리 동네도 일제 때 왜놈들이 동네를 완전히 파헤쳐가지고 도자기, 칼 이런 거 수십 트럭을 실어갔대요."

"하여튼 그 귀한 게 일본의 어느 절에 있다는 걸 알고는 일본에 가서 전문가를 고용해가지고 훔쳐냈다지요."

"어떤 전문가요? 아, 도둑놈?"

"몰라요. 어쨌든 그 보물을 한국에 잘 가지고 와서는 자기 다니는 절에다 맡겼대요. 국보급 문화재니까 사방에서 찾아오고, 경사가 났다고 이 일대에서는 아주 큰 화제가 됐어요. 그걸 어떻게 일본에서 알고 전문가가 추적을 해왔는데요. 와서는 한국 경찰에 협조를 구했을 거 아닙니까. 일단 도난당한 물건이니까요. 경찰도 고민이 됐겠지요. 찾아서 도로 가져가라고 할 수도 없고 모른 척할 수도 없고."

일본에서 온 전문가는 경찰이 입회한 가운데 절의 주지스님에게 질문했다. 그 물건이 어디서 났느냐고. 그러자 스님의 대답은 이랬다.

"누가 줬소."

"누가 줬습니까?"

스님은 법당 한쪽 벽에 걸린 영정을 가리키고 나서 합장을 하며 극락왕생을 기원했다. 그리하여 조용히 향이 피어오르는 가운데 모든 문제가 해결됐다.

처삼촌 묘 벌초하기

사과를 가득 실은 트럭이 떠나버리고 난 직후에 동순의 가슴팍에 걸려 있던 휴대전화가 울렸다. 손위처남의 이름이 액정에 찍혀 있었다. 동순은 급히 전화기를 귀에 댔다.

"아이고 형님요, 우옌 일이십니까."

"어이 동상. 잘 있었는가? 아그들도 잘 크고잉?"

"그라모예. 형님 염려 덕분에 잘 먹고 잘 싸고 우렁차게 잘 울면서 잘 크고 있심다."

"그려, 나가 처서도 지나고 추석도 다가오고 혀서 말이시. 증조할부지, 할부지, 작은아부지 산소가 잘 있는가 매급시 궁금하더랑게. 혀서 큰아부지하고 아부지 모시고 내일모레 한번 선산에 가볼라고 허네. 새로 쓴 작은아부지 산소도 별일 없겠지?"

"아, 벌써 그래 됐십니까. 그라마 그러시소. 지가 늘 어르신들 산소를 지 조상 산소처럼 돌보고 있으니까네 염려는 붙들어매놓으셔도 될 낀데."

"자네가 요즘 부쩍 농사일에 재미를 붙여서 집으서 얼굴도 보기 힘들다고 옥희가 그러던디 그럴 시간이 있었는가?"

"하여튼 염려하실 거 하나도 없심다. 어르신들 모시고 찬찬이 내리오시소."

전화를 끊은 동순은 한숨을 푹 내쉬었다. 1200평짜리 사과 과수원 위 3천 평은 될 웅장한 규모의 선산이 올려다보였다. 수십 기의 무덤에 군데군데 집채만한 바위까지 섞여 있는 선산은 처가의 12대조 산소부터 모셔져 있었다. 동순과 결혼한 지 15년을 넘긴 옥희의 아버지는 종손이 아니었고 따라서 동순 부부가 문중 선산을 마음대로 빌려쓸 수는 없었다. 하지만 옥희의 오빠인 대수가 워낙 문중 대소사를 잘 챙기고 문중 어른들의 신임을 톡톡히 받아온 터에 7년 전 동순이 실직을 하고 실의에 빠져 있을 때 문중 선산의 아래쪽에 있던 밭을 맡겨 농사라도 지어먹게 했던 것이다.

그러나 사무실에서 손가락을 놀리며 살아온 동순으로서는 농사가 거저먹기일 수가 없었다. 수삼 년의 시행착오 끝에 별수없이 처가 쪽 사람의 소개로 알게 된 과수업자에게 밭을 맡기고 임대료를 받아먹는 처지가 되었다. 얼마 전 첫 수확이 있었고 일을 따라 거들면서 겨우 첫걸음을 뗀 기분을 느끼고 있던 참이었다. 물론 이런 일은 모두 처가 쪽에는 비밀이었다.

당장 모레 처가 쪽의 어른들이 총출동한다니 직계 선조의 산소라도 벌초를 해야 할 참이었다. 동순은 농협 근처 담벼락에 붙어 있던 '벌초 대행해드립니다'라는 문구를 떠올리고는 농협 사업부에 전화를 걸었다. 하지만 농협에서는 그 문구는 작년에 써붙인 것이고 아직 추석이 다가오지 않아서 사업 시행을 할 사람을 구하지 않았다고 했다. 그러면서 정 급하면 조경회사에 전화를 해보라고 했다.

말이 조경회사이지 마당만한 공터에 나무 수십 그루 심어놓고 매일 놀고 지내는 것 같던 그곳 업체들은 좀체 연락이 되지 않았다. 114에 전화 걸기를 세 번, 처음으로 연결된 조경회사에서는 일이 바빠서 그런 걸 해줄 수 없다고 했다. 동순이 애걸하다시피 하자 인력 공급을 하는 업체에나 알아보라고 하는 것이었다. 오기가 난 동순은 자신이 직접 예초기를 들고 벌초를 해보리라 작정했다.

다음날 아침 동순은 몇 번 사용해보지도 않은 새 예초기를 들고 처갓집 선산으로 향했다. 주변의 충고에 따라 장화를 신고 마스크와 선글라스, 장갑, 모자로 중무장을 했으니 아침부터 더워서 죽을 지경이었다. 과수원과 연결된 선산 출입로는 아까시나무가 숲을 이루고 있었다. 웬만한 풀도 키 높이로 자라 있었다. 일반 예초기 날로는

151

베기가 어려울 듯해서 동순은 미리 준비해온 체인톱으로 날을 갈아 끼웠다. 어떻든 예초기는 윙윙거리는 소리를 내며 풀과 나무를 베기 시작했다.

처음에는 조심스러웠지만 일이 손에 익자 동순의 팔에는 힘이 붙었다. 그러나 선산은 너무 넓고 가팔랐다. 게다가 위로 올라갈수록 산소가 두 배씩은 커지는 듯해서 모두 합쳐서 수백 평은 될 묘역은 좀체 줄어들지 않았다. 뉴스에서 남 이야기인 양 들어넘겼던, 벌초를 하다가 말벌에 쏘여 죽었다는 사람의 이야기가 자꾸 생각났다. 장화를 신고 있긴 해도 독사가 있지 않은지, 독사의 이빨이 장화를 뚫고 들어와 독액을 내뿜지나 않을지 두려웠다. 예초기의 날이 바윗돌에 부딪혀 부러져 날아와 오금에 박혔다는 이웃 농부들의 경험담도 신경이 쓰였다. 가장 큰 적은 땀과 더위였다.

점심때가 되어서 동순은 아래로 내려와 과수원 작업장에서 몸을 대충 씻고 도시락을 먹었다. 아무것도 묻지 않고 수굿하게 도시락을 싸준 아내가 고마웠다. 경상도 머스마와 전라도 가시내로 만나 남들이 어떻게 보든 간에 그럭저럭 순탄하게 살아온 세월이 나쁘지는 않다는 생각이 들었다.

잠시 낮잠을 자고 난 뒤 동순은 다시 산소에 들러붙었다. 봉분에 들이박힌 나무가 그렇게 미울 수가 없었다. 산에서 넘어 들어온 덩굴들을 잘라낼 때는 쾌감마저 들었다. 예초기 날을 갈아끼우고 잔디를 깎기 시작하자 일은 더욱 더뎌졌다. 서툴렀기 때문이었다. 날에 풀이 끼어서 엔진 소리만 높아지고 곧 고장이라도 날 듯했다. 도와줄 사람은 아무도 없었고 땀에 젖은 선글라스로는 아무것도 보이지 않았다. 그럴수록 동순의 오기는 강해졌다. 미친 듯 산소 위를 헤매 다녔다. 마침내 해가 저물 무렵에야 일이 끝났다.

"언 놈이 처삼촌 산소 벌초를 대충한다카노. 앞에 있으마 귀때기라도 한 대 올리붙이야 속이 시원할따."

동순은 성취감과 함께 힘들었던 하루에 대해 뿌듯함을 느끼며 이렇게 아내 앞에서 큰소리를 쳤다. 기다렸다는 듯 전화가 걸려왔다. 손위처남이었다.

"아이고 동상. 아부지가 날 더운데 김서방 고상한다고 다음에 가자고 하시는구먼. 머 한 보름쯤 있다가 가실랑가 모르겠네."

다음날 아침 동순이 일어나보니 코피가 쏟아졌다. 잇몸이 아파 음식을 씹을 수가 없어 치과에 갔더니 의사는 과로 탓이라면서 한두 달 치료해야 할 것이라고 말했다. 온다던 사람들은 보름 후에도, 두 달 후에도 오지 않았다. 다음해 아카시아가 다시 자라 숲을 이룰 때까지도 오지 않았다.

돌았다

며칠 전 생전 처음 가는 낯선 바닷가 도시에서 색다른 경험을 했다. 거주지에서 400킬로미터 가까운 먼길이어서 비행기를 예약했다가 공항에서 목적지인 강연장까지 또 100킬로미터를 가야 하는데 차편이 마땅치 않아서 취소한 길이었다. 결국 승용차를 가지고 가기로 하고 동행을 물색하기 시작했다. 1박 2일의 환상적인 바닷가 여행, 숙식 제공, 특히 목적지는 물론 오가는 길에서 맛볼 수 있는 최상의 지명도 높은 음식을 무료로 제공하겠다는 등의 향응을 내걸었다. 결국 음식, 특히 회라면 사족을 못 쓰는 바닷가 출신 친구 C가 걸려들었다.

출발 당일 단둘이 차를 타고 좁은 공간 안에서 동행하는 내내 평

154

소 할 수 없던 속 깊은 이야기, 살아온 이야기를 하다보니 금방 배가 고파왔다. 숙소로 예정된 바닷가 리조트는 해당 지역 음식으로 유명한 시장 골목에서 좀 떨어진 곳이었다. 도착하자마자 시장 골목부터 가기로 의기투합했다. 남쪽으로 갈수록 흐려지더니 비까지 쏟아지기 시작했다. 제법 오래고 굵은 빗방울인 것으로 보아 장맛비 같았다. 가뭄으로 시달리던 터라 반갑고 고마웠다.

출발 다섯 시간 만에 마침내 목적지에 도착했다. 내비게이션의 도움을 받아 어렵사리 시장 앞 도로 옆 관광버스 주차장에 차를 세우고 우산을 쓰고 시장 안으로 들어섰다. 자연산 물고기를 비롯한 해산물이 넋을 잃을 정도로 풍성했다. 마침 풍어라서 값이 싸다고 했다. 고르느라 애를 먹을 정도였다. 참돔, 감성돔, 자리돔에 전복과 멸치, 멍게, 해삼, 성게알 사이를 헤매다가 다른 손님들이 먹는 것을 보고는 겨우 먹을 것을 확정했다. 물고기를 손질하는 사이 차를 제대로 주차하기 위해 다시 시장 밖으로 나왔다. 어두워진 거리에 비는 내리는데 주차장 반대편 도로변에 불을 밝힌 가게가 있어서 그 앞으로 차를 댔더니 웃으면서 "잠깐만 대실 거면 거기다 대시고 꼭 우리 가게 빵을 사주세요" 하는 것이어서 그러겠노라고 했다.

회와 전복, 해삼의 맛은 가히 환상적인 맛이었다. C는 특히 열광했다. 너무 많아서 남았다는 게 문제였다. 음식을 싸달라고 하고는 대리운전을 불렀다. 숙소까지 얼마인가 묻자 8천 원이라고 했다. 거리가 얼마인지 모르니 비싼 건지 싼 건지도 알 수 없었다. 십여 분 뒤 시장 앞에 대리운전 기사가 당도했다. 그는 다른 사람이 모는 작은 승용차를 타고 왔고 그 승용차는 숙소까지 따라와서 대리운전 기사를 도로 태워갈 모양이었다. 워낙 대리운전 비용이 싸서 택시를 타면 수지가 맞지 않을 것 같았다.

대리운전 기사가 운전한 차는 약 이십여 분 뒤 숙소에 도착했다. 비가 왔고 그만한 시간이 걸렸는데도 8천 원밖에 안 한다는 게 이상할 정도였다. 2천 원의 서비스료를 임의로 더해 지급하고 보냈다. 무사히 하룻밤을 잘 지냈다. 다음날 아침, 시장 골목의 향토성 짙은 음식점이 맛있을 거라는 생각에 운전을 해서 다시 전날의 그 장소로 갔다. 그런데 전날 올 때와는 달리 좀 돌기까지 했는데도 십 분이 채 걸리지 않았다.

"이게 웬일? 내 운전 솜씨가 하룻밤 사이에 일취월장했나?"

"그럴 리가. 어제 그 대리운전 기사가 좀 빙빙 돌아서 왔나보네. 2천 원 더 받으려고."

"2천 원은 내가 그냥 고마워서 보태준 건데? 미리 그럴 줄 알고 돌았다고?"

"어두워서 우리가 길을 잘 모른다는 걸 알고 돌았다니까. 여기서 보니 다리 하나 건너면 가겠네. 빤히 보이는군."

그때부터 말놀이가 시작되었다.

"돌겠군. 그거 조금 벌려고 그렇게 심모원려 끝에 돌다니. 그럼 우리가 돈 인간?"

"먼저 그쪽이 돌았고 우리는 얼떨결에 따라서 돈 거지."

"고의로 돈 인간한테 고맙다고 돈을 더 줘? 돌겠네."

"돌아서 돈 받았으니까 그 돈도 또 돌고 돌겠지?"

집에 도착한 지 하루 만에 주정차위반 과태료 통지서가 날아왔다. 빵집 앞에서 찍힌 사진에 차량번호가 선명하게 찍혀 있었다. 빵집 주인은 왜 웃으며 거기에 대라고 말했던 것일까 생각해보려니 머리가 돌지 않았다.

르누아르, 흐누아흐

인상주의 회화의 거장인 피에르 오귀스트 르누아르는 인물, 그중에서도 여인을 많이 그렸다. 만년의 그는 특히 〈욕탕의 여인들〉이라는 일련의 작품을 대거 창작하며 서양 회화의 전통인 여성 누드의 아름다움을 묘사하는 데 진력했다. 르누아르의 초창기 작품에는 일상에서 곧바로 걸어나온 듯 수수한 옷을 입고서도 찬란하게 빛나는 아름다움을 드러내는 여인들이 많다. 어느 여인이든 나는 그 앞에 서면 맥을 추지 못한다. 르누아르의 그림 100여 점이 전시된 미술관에 가서도 그랬다.

그런데 르누아르의 이름을 내 면전에서 가장 많이, 여러 가지 방식으로 호명한 내 친구 한만해에 의하면 프랑스의 파리 한복판에도

'르누아르'라는 이름의 호텔이 있다. 무역업에 종사하는 그는 파리에 가면 파리 사정을 잘 아는 회사의 직원이 미리 예약하고 안내해주는 대로 몽파르나스 거리에 있는 바로 그 르누아르 호텔에 묵곤했다.

그는 파리에 머무는 동안 내내 아침이면 직원과 함께 거래 상대를 만나러 호텔 밖으로 나갔다가 저녁에 돌아왔다. 직원이 프랑스어를 어느 정도 하는데다 지리도 잘 아는 편이어서 다니는 데 큰 불편이 없었다. 그런데 어느 날 저녁에는 직원이 시내에서 남은 일을 처리하기 위해 남는 바람에 한만해 혼자 먼저 호텔로 돌아오게 되었다.

그는 직원과 헤어진 뒤 별생각 없이 길가에 서 있던 택시에 올라 기사에게 "르누아르 호텔!"이라고 행선지를 일러주었다. 그러자 곱슬머리에 뒤통수가 톡 튀어나온 기사가 뒤를 돌아보면서 다시 발음해보라는 시늉을 했다. 그는 순간적으로 긴장하여 'Renoir'의 철자를 떠올리고는 영어처럼 'Hôtel'의 액센트가 뒤에 있을 거라는 짐작으로 '호'를 작게, '텔'을 크게 말한 다음 '르, 누, 아, 르'라고 천천히 발음했다. 기사는 여전히 모르겠다는 듯 플라타너스 잎만한 손바닥을 흔들면서 고개를 저었다.

그제야 그는 공항에서 파리 시내로 들어오는 길에 직원이 했던 말을 생각해냈다. 프랑스어에서는 'r' 발음이 'ㄹ'보다는 'ㅎ'에 가깝게 나며 'h'는 묵음이다, 또 'p'와 't'는 영어와는 다르게 경음인 'ㅃ' 'ㄸ'으로 소리가 난다는 것 등등. 한만해는 신중하게 철자와 기억, 설명을 결합한 뒤에 기사의 뒤통수에다 대고 '흐누아흐 오뗄!'이라고 외쳤다. 그러나 결과는 전보다 못했다. 기사는 고개를 돌리지도 않은 채 좌우로 흔들어댔다.

택시는 뒤에 있는 차들이 경적을 울리자 방향도 정하지 않은 채 움직이기 시작했다. 불안해진 한만해는 '헤누아흐 오뗄'이라고도 해보고 영어식으로 '레노이르 호텔'이라고도 말해보았다. 기사는 여전히 고개를 흔들었다. 최후의 방법으로 그는 수첩에 'Renoir Hôtel'이라고 적어서 기사의 턱밑에 들이밀었다. 그제야 기사는 고개를 끄덕거리더니 십 분 만에 한만해를 르누아르 호텔 앞에 내려놓았다.

호텔 안에 들어선 그는 영어를 할 줄 아는 계산대의 직원에게 다가가 르누아르 호텔을 제대로 발음하는 법을 가르쳐달라고 부탁했다. 그러고는 호텔 직원이 시키는 대로 선 자리에서 수십 번 '흐누아흐 오뗄'을 연습했다. 무슨 일인가 싶어 하나둘 모여들기 시작한 호텔 종업원의 숫자가 10여 명까지 불어났다. 그들은 각자의 견해와 발음을 열정적으로 재빠르게 늘어놓았다. 호텔 로비는 온통 'Renoir'라는 소리로 떠나갈 듯했다.

마침내 호텔 지배인이 왔다. 자초지종을 들은 지배인은 한만해에게 이제까지 연습한 것을 발음해보라고 했다. 한만해는 최선을 다해

'Renoir Hôtel'을 발음했다. 나이 지긋한 지배인은 천천히 고개를 젓고 나서 직접 발음 교정을 시도해보더니 만해에게 자신의 명함을 내밀었다. 혼자 택시를 타게 되면 기사에게 그 명함을 보여주거나 자신에게 전화를 하라는 것이었다.

몇 달 뒤에 한만해는 다시 파리에 가게 되었다. 이번에는 처음부터 혼자였다. 공항에서 25킬로미터가량 떨어진 르누아르 호텔로 가기 위해 그는 택시를 탔다. 미리 챙겨둔 호텔 지배인의 명함을 내밀기 전에 그는 시험 삼아 "흐누아흐 오뗄, 몽빨흐나스"라고 해보았다. 그러자 택시 기사가 냉큼 고개를 끄덕이더니 망설임 없이 차를 출발시켰다.

그는 그동안 부지불식간에 자신의 프랑스어 발음이 좋아진 것 같아 무척 흐뭇했다. 목적을 이루기 위해 최선을 다해 노력하다보면 잠을 자거나 다른 일에 몰입하는 등의 무의식중에 우리의 뇌가 난제를 풀고 일을 극적으로 진전시켜놓는다(마치 우렁각시라도 다녀간 듯이). 개인이든 역사든 간에 발전은, 최선의 노력이 전제된 의식과 무의식 양쪽의 합력으로 이루어진다는 게 평소 그의 지론이었다. '흐누아흐 오뗄'의 사례는 그의 지론이 타당함을 입증할 출중한 사례가 될 것이라고 생각하며 한만해는 뿌듯한 심정으로 택시 좌석에 등을 기댔다.

그런데 그런 한만해에게 앞에 앉은 택시 기사의 납작한 뒤통수와

검고 곧은 머리칼이 어쩐지 낯익은 듯 느껴지는 것이었다. 택시가 파리 시내에 들어와 신호에 걸렸을 때 그는 "기사 양반, 고향이 어디시오?" 하고 영어로 물어보았다. 기사는 뒤돌아보지도 않고 "저요? 베트남요!" 하고 재빠르게 영어로 대꾸하더라고 했다. 어떻든 택시는 무사히 호텔에 도착했다.

곰의 재주

　손아래처남 이구재가 다니던 직장을 그만두고 새로운 사업을 시작하겠다고 했을 때 고원영은 애써 무관심한 척했다. 이구재는 국내 굴지의 건설회사에서 주로 총무, 인사 같은 관리직으로 15년 넘게 직장 생활을 해왔고 다른 무엇보다 성실함으로 주위 사람들의 인정을 받아온 터였다. 그런 그가 '더이상 회사에서는 가슴이 뛰지 않고 비전을 발견할 수 없다, 새로운 일을 찾겠다'고 했다는 말을 아내에게 전해 듣고는 고원영은 혀를 찼다.

　"회사가 이익을 많이 내 잔뜩 쌓아놓고도 직원들에게는 나눠주지를 않아서 동생이 이의를 제기했대요. 경영진이 대주주들 눈치만 보고 고생한 직원들은 무시하니까 곰처럼 순한 동생이 화가 난 거예요."

"회사는 회사대로 그럴 만한 사정이 있겠지. 힘든 시기, 어려울 때를 대비할 필요도 있고. 회사를 운영하는 입장에서는 이런저런 측면을 고려해서 고도의 경영적인 판단을……"

"당신은 그 회사 덕 본 것도 없이 왜 회사 편을 들어요? 그리고, 처남은 당신 동생 아녜요? 남들은 팔이 안으로 굽는다는데 당신은 밖으로 굽나봐. 곰배팔인가……"

마침내 고원영은 버럭 소리를 질렀다.

"이 사람이 말이면 다 하는 줄 알아?"

아내는 한마디도 지지 않았다.

"그래 난 말이 아니고 닭띠예요, 왜?"

결국 고원영이 먼저 입을 꽉 다물었다. 어쨌든 골방 샌님처럼 얌전한 줄 알았던 처남이 거친 파도가 넘실대는 난바다 같은 건설업에 직접 뛰어들었다는 게 신선한 충격을 안겨준 것만은 사실이었다. 명절 때 처갓집에 갈 때에 따로 마주앉아 에둘러서 구체적인 전망이 어떤지 물어보기도 했다.

"형님, 역시 남자는 자기 사업을 해야 하는 것 같아요. 하루하루가 모험의 연속인 것 같아서 짜릿짜릿합니다. 젊은 친구들하고 일하니까 펄펄 뛰는 싱싱한 아이디어도 나오고요. 큰 회사들은 생각하지도 못하는 틈새시장이 많아요."

이구재는 말뿐만 아니라 표정까지 희망에 설레는 삼십대, 아니 십 대처럼 변해 있었다.

"젊은 애들하고 어울리면 젊어지는 부수입은 있겠구만. 부작용일 수도 있겠지만."

고원영은 실상 아직 꿈을 꾸고 사는 이구재가 부러웠다. 그러면서도 자신에게 가지고 있는 불만이 가시가 되어 다른 사람을 찌르는 것을 멈출 수는 없었다.

이구재는 오래된 시가지의 낡은 빌딩을 리모델링하거나 신축해서 전문성을 가진 업종이 한 곳에 입주하게 해 부동산의 가치를 높이는 사업에 뛰어들었다. 보수적인 가치관을 가진, 변화를 싫어하는 부동산 소유주를 설득하는 게 가장 어려운 일이라고 했다. 고원영은 비슷한 입장인 자신이 스파링 상대가 되어줄 수 있다는 말을 하려다 참았다.

그렇게 시간이 2년 정도 흘렀다. 이구재의 사업은 어느 정도 정상 궤도에 오른 것 같았다. 때때로 이구재를 볼 때마다 자신감이 넘쳐 흐르는 것을 볼 수 있었다. 거래처 사람을 만날 때 외제차를 타고 나간다고 했고 최고급 맞춤양복과 비싼 시계도 많이 사들였다고 했는데 외양도 은근히 멋졌다. 그러던 어느 날 이구재의 회사에서 천 가구가 넘는 아파트를 분양하는 대규모의 기획을 하게 되었다는 이야기를 전해 들었다.

"그거 너무 위험한 거 아니야?"

"걔가 어떤 앤데, 다 알아볼 만큼 알아보고 하는 거래요. 잘하면 우리 집안에 꼬마 재벌 하나 나오게 생겼네."

이구재가 처음으로 분양하는 아파트의 모델하우스 개관식에 고원영도 아내와 함께 차를 타고 갔다. 깃발과 현수막이 펄럭이고 시끄러운 음악이 귀를 찢는 듯했다. 늘씬한 모델과 정장 입은 안내요원 30여 명이 도우미로 동원된 개관식은 흡사 선거 유세장처럼 북적거렸다. 고원영은 겨우 이구재와 악수나 할 수 있었을 뿐 길게 이야기할 틈도 없이 길거리 중국집에서 수타 짜장면을 사먹고는 돌아왔다. 그게 좀 서운하기는 했다.

"우와, 아파트 청약경쟁률이 20 대 1이래요. 올케는 좋겠다."

"그거 다 분양하면 얼마나 남는대?"

고원영은 발톱을 깎으면서 아무렇지도 않은 척하며 물었다.

"몰라, 나도 그게 궁금하긴 한데. 한번 물어볼까?"

아내는 곧 전화기를 들고 안방으로 들어가더니 올케와 한참이나 중요하지도 않은 화제를 가지고 수다를 떨었다. 그러고는 비명처럼 "백억?" 하고 외치는 소리가 들려왔다. 고원영은 정말로 아랫배가 싸르르 하고 아파오는 것을 느꼈다. 아내가 흥분된 표정으로 방에서 나와서는 '상가 빼고도 최소한 백억은 남는다'고 하는 말을 귓등으로 들으며 고원영은 화장실로 내달렸다.

아파트 공사가 시작된 지 서너 달이 흘렀을 때 이구재에게서 전화가 걸려왔다. 투자를 할 용의가 있느냐는 것이었다. 투자금으로 아파트 내 노른자위 상가로 분양해줄 수도 있고 시중금리의 세 배쯤 되는 이자로 상환할 수 있다고 했다. 그때 고원영은 갑자기 어떤 위험신호가 오는 것을 느꼈다.

"처남, 내 정말 미안한데 아버지가 돌아가시면서 유언으로 간곡하게 말씀하신 것을 어길 수가 없어. 식구들끼리는 절대로 금전거래를 하지 말라는 거야. 생전에 정하신 가훈도 '빚보증을 서지 말라'는 거네. 식구 간 우애도 상하고 온 식구가 다 같이 물에 빠져 죽을 수 있기 때문이라고 하셨어. 미안하네."

이구재는 선선히 알았다고 말했다. 다른 사람보다는 자형에게 먼저 기회를 주고 싶었다는 말을 덧붙였다. 전화를 끊고 나서 고원영은 아내 모르게 가지고 있는 여윳돈을 조금 투자할 걸 그랬다고 몹시 후회했다. 세월이 흘러 마침내 아파트는 준공검사를 마치고 입주가 시작되었다. 장인의 팔순 잔치에 참석한 고원영은 이구재와 나란히 서서 대화를 나누었다.

"축하해, 처남. 돈 많이 벌었다매?"

이구재는 쓸쓸한 미소를 지으면서 고개를 저었다. 어느새 그에게서는 전에 없던 관록이 생겨나 있었다.

"직원들 월급 챙겨주고 회사 유지비 들어가고 하니까 남는 게 거의 없더라고요."

"에이 왜 그래. 그거 다 제하고도 백억은 남는다고 하던데."

"솔직히 그 백억, 급전 충당하는 데 사채 이자로 다 들어갔어요. 공사를 하다보면 별의별 놈의 일이 다 터지거든요. 열흘 빌리고 원리금 합쳐서 두 배로 갚은 적도 있어요. 본전 한 거만 해도 정말 선방한 거예요."

"아니, 그럼 전부 남 좋은 일 한 거 아냐? 장인어른한테라도 빌려보지 그랬어?"

"형님, 식구들 간에는 금전거래하는 게 아니라면서요? 아버지도 칼같이 거절하시더라고요. 진짜로 어떤 때는 돈 빌려주는 사채업자가 아버지보다 훨씬 고마웠어요."

기우

어느 여름날 아침, 한만해는 비행기에 앉아 있었다. 비행기에는 농한기에 효도관광이라도 가는지 10여 명의 노인들이 타고 있었는데 대부분은 비행기를 처음 타는 듯했다. 평소 무역업무 때문에 출장이 잦은 한만해는 전날 과음한데다 잠을 못 자고 일찍 나온 터라 눈을 감은 채 비행기가 출발하기만을 기다리고 있었다.

출발한다는 안내방송이 나오고 나서 비행기가 움직이기 시작했다. 워낙 느리게 움직이고 있어서 잠깐 졸았는가 싶은데 여전히 비행기 바퀴는 구르고 있었다. 그때 한만해의 귀에 뒷자리에 앉은 촌로들이 나누는 이야기가 들려왔다.

"저기 비양기 날개 아이라?"

"아따요 억시기 길다. 그란데 저 날개 끄티가 쪼매 금가고 들린 기 뿌라진 거 겉다."

한만해는 눈을 감은 채 피식 웃었다. 비행기 날개에는 양력을 늘리거나 속도를 줄일 때 쓰는 스포일러나 플랩이 있는데 날개와 스포일러 사이에 금이 간 것처럼 보이는 틈이 있다. 노인들이 그걸 두고 날개가 부러졌다고 하는 거라는 생각이 들었던 것이다.

뒷자리의 노인들은 비행기의 작은 창에 고개를 들이밀고 '날개가 완전히 똑 부러졌다' '그냥 금이 심하게 간 것이다'를 두고 논쟁을 벌이기 시작했다. 그는 눈을 뜨고 '할배요, 제발 부탁인데 잠 좀 잡시다' 하고 말하기 전에 창밖의 비행기 날개를 보았다. 그런데 실제로 비행기 날개 끝이 약간 구부러져 있는 게 아닌가. 그는 부리나케 손을 쳐들어 승무원을 호출했다. 여승무원이 다가오자 그는 날개를 가리켰다.

"거 봐라, 내 말이 맞지럴."

뒷자리의 노인 한 사람이 의기양양해했지만 여승무원은 고개를 갸웃거렸다. 한만해는 고장이 분명하다면서 당장 비행기를 세워야 한다고 소리쳤다. 다른 승무원들이 다가왔고 마침내 비행기 날개에 이상이 생겼다는 결론이 내려졌다. 안내방송이 나왔다.

"승객 여러분, 기체 결함으로 잠시 이륙이 지체되고 있습니다. 안전한 기내에서 수리가 끝날 때까지 잠시만 기다려주시면 수리 후 지체 없이 이륙하도록 하겠습니다."

한만해는 와이셔츠 깃에 땀을 적셔가며 소리를 질러댔다.

"이것 봐요. 날개가 부러졌는데 이게 잠시로 해결될 문제요? 나이 비행기 못 타고 가, 나를 당장 내려달라니까!"

비행기는 다시 출발한 곳으로 돌아갔고 다른 비행기가 올 때까지 승객들은 공항 대합실에서 기다리게 되었다. 서너 시간 뒤 항공사에서 제공하는 식사가 나왔다. 잠에서 덜 깬 그는 눈을 반쯤 감은 채 도시락 뚜껑을 열고 음식을 입에 밀어넣었다. 그런데 그때 또 노인들의 속삭임이 들려오는 것이었다.

"아따요, 머 우리가 잘한 기 있다고 이래 밥까지 주노, 미안쿠로. 반찬도 많구마 이래도 비양기 회사 안 망하나 모를따."

"맞다. 그란데 저쪽에 앉은 사람들은 우애 고깃국에 밥을 다 말아 먹네. 우리는 국 안 주나."

한만해가 눈을 크게 뜨고 건너편을 바라보니 비즈니스 클래스에 탔던 사람들에게는 이코노미 클래스에 탄 사람과 현격하게 차이가 나는 음식이 제공되고 있었다. 그는 또다시 승무원을 불러 버럭버럭 소리를 질렀다. 기다리는 데도 등급이 있느냐고. 그런다고 달라진 건 없었지만.

일곱 시간 뒤 비행기는 승객을 태우고 이륙했다. 한만해의 귀에는 노인들이 소곤거리는 소리가 계속 들려왔다. 아까부터 비행기가 거

꾸로 가는 것 같다, 다른 비행기하고 박겠다…… 결국 한만해는 비
행기 안에서 한잠도 자지 못했다.

직업 윤리

성이 한씨인 대령이 있었다. 예편을 한 해쯤 앞두고 그는 고향인 A시의 산자락 아래에 있는 땅을 샀고 여섯 달 전에는 집까지 다 지었다. 집을 다 지은 뒤에는 시간이 날 때마다 와서 청소를 하든가 마당의 풀을 뽑든가 하면서 은퇴 후의 앞날을 착실하게 준비하고 있었다.

한대령의 유일한 취미는 바둑이었다. A시 중심가에는 오래되어 보이는 기원이 있어 한대령은 그곳에 들러서 기원 주인과 인사를 해두었다. 전역 후에 드나들면 심심하지 않을 것 같아서였다.

한대령은 장교로 임관한 뒤에 바둑을 배웠다. 그에게 바둑 상대가 되었던 사람들은 대개 바둑을 잘 두는 사병들이었다. 장교와 마주앉아 바둑을 두게 된 사병들은 대개는 실력을 다 발휘하지 못했다. 또 바둑으로 군대 생활을 편하게 할 수 있을까 싶어 기대에 찬 사병 역시 그와 바둑을 둘 때 사정을 봐주는 경우가 많았다.

단 한 번 예외가 있었다. 프로기사가 되려고 어려서부터 공부를 했지만 프로기사 선발전에서 탈락하고 입대한 신병이었다. 성이 '오', 계급이 이병이어서 '오이병'이라는 호칭으로 한대령의 기억에 남아 있었다. 오이병은 중대장이던 한대위와 마주앉았을 때 긴장하지도 않았고 잘 보이기 위해 노력하지도 않았다. 예닐곱 점은 깔아야 상대가 될 하수인 한대위와 바둑을 두는 것을 귀찮아하는 느낌마저 있었다. 한대위는 오이병이 바둑 한 분야에만 몰입하며 살아오다 보니 사회화가 덜 된 것이라고 치부하면서도 오기가 나서 예닐곱 점이 아니라 세 점만 깔고 대국을 했다. 당연히 이길 수가 없었다.

30전 30패라는 결과가 나오자 중대장 당번병이 나섰다. 오이병에게 일부러 바둑을 져주라고 강요했던 것이다. 한대위는 오이병의 우그러진 인상을 보고 즉각 그 사실을 알아차렸다. 그는 당번병을 오게 한 뒤에 두 사람을 앞에 두고 이렇게 말했다.

"오이병이 일부러 바둑을 져주면 한 번 질 때마다 둘 다 완전군장을 하고 연병장을 백 바퀴씩 돌게 하겠다."

오이병이 일병이 되었을 때 한대위는 진급하여 소령이 되었다. 그때까지 한소령은 오일병과 99판의 바둑을 두었고 전패를 기록했다.

전출 가기 직전, 마지막 대국에서 한소령이 승리를 거두었다. 오일병이 송별 기념으로 일부러 져준 것 같기도 했지만 한소령의 실력이 늘었던 것도 사실이었다.

마침내 한대령은 전역했다. 집으로 돌아온 한대령은 규칙적인 생활을 하면서 유유자적 시간을 보냈다. 어느 날 오후 그는 산책을 하다가 기원에 들어갔다. 기원 주인이 다가와 한대령의 실력이 아마추어 유단자임을 확인하고 손님 중에서 그와 비슷한 실력이라는 양복 입은 신사를 소개해주었다. 한대령은 상대의 점잖은 언행에 호감이 갔다. 대국이 시작되었다. 첫 판은 상대가 이겼고 두번째 판은 한대령의 승리였다. 결승전을 두기로 했다. 그러자 상대가 제안했다.

"대령님, 그냥 두기는 심심하니까 가볍게 커피 내기나 하시지 않으시겠습니까? 지는 쪽이 오늘 여기 계신 손님 여섯 분한테 커피를 한 잔씩 대접하는 건 어떻습니까."

한대령은 고개를 끄덕거렸다. 자신이 잘 모르긴 하지만 기원에서 다들 이렇게 하는 모양이다 싶었다.

내기가 걸려서인지 결승 대국은 짜릿짜릿한 수가 속출하며 한대령을 흥분시켰다. 결과는 한대령의 역전승이었다. 한대령은 이 한 판의 바둑으로 잊고 있던 승부욕이 되살아나는 것을 느꼈다. 그건 삶의 활력과 통했다. 한대령은 커피를 얻어 마시고 즐겁게 대화를 나눈 뒤에 집으로 돌아왔다.

며칠 후 한대령은 다시 기원으로 향했다. 거기서 한대령은 수십 년 만에 오일병을 만나게 되었다. 오일병은 전역 후에 프로기사가 되는 것을 포기하고 아마추어로 남았다고 했는데 기원 주인은 그를 프로기사라도 되는 양 '오사범님'이라고 부르며 어렵게 대하고 있었다.

"중대장님, 그새 실력은 좀 느셨나요?"

오일병은 배가 나오고 탈모가 시작되고 있었다.

"내가 아무리 늘었다 한들 오사범을 당할 수 있나. 살다보니 이런 데서 또 만나고, 사람의 인연이라니."

오일병은 빙그레 웃었다.

"그때 중대장님이 일부러 져주는 걸 금지하셨던 걸 지금도 감사하고 있습니다. 제가 비록 프로기사가 되지는 못했지만 승부를 겨루면서 비겁한 모습을 보이지 않을 수 있었던 게 중대장님 덕분이라고 생각합니다."

"이 사람아, 그거야 당연한 거 아닌가. 누구라도 그랬을 거야."

"아닙니다. 저는 이제까지 바둑을 두면서 아마추어로서 중대장님처럼 승부에 초연하고 상수, 아니 대국 상대를 인간으로 존중해주는 분은 뵙지를 못했습니다."

한대령은 대화를 나누면서도 눈으로는 전일의 호적수를 찾고 있었다. 눈치를 챈 오일병이 미소를 지으며 말했다.

"지난번 대국했던 그 사람, 다시는 여기 안 올 겁니다."

"왜? 그걸 자네가 어떻게 아나?"

"사실 그 사람, 제법 알려진 내기바둑꾼입니다. 중대장님이 예편한다는 소문을 듣고 벌써 몇 달 전에 노후자금을 몽땅 털어낼 작전을 치밀하게 세우고 포석을 시작해서 설계를 다 마쳐놓은 상태입니다. 저도 구경을 하러 왔다가 대상이 중대장님인 걸 알고 말리게 되었지요. 그래서……"

한대령으로서는 믿을 수 없는 이야기였다. 오일병은 다시 미소를 지었다.

"물론 그냥 물러난 건 아닙니다. 그 사람이 좀 악질이거든요. 저하고 내기바둑을 두어서 졌으니까 물러난 거죠."

한대령은 지난번 대국에서 느꼈던 짜릿함을 환기하고는 고개를 절레절레 흔들면서 물었다.

"그 사람이 나라는 세상물정 모르는 중늙은이 껍데기를 다 벗겨갈 작정이었다 물러났는데, 자네는 그 시합에 뭘 걸었는가?"

오일병은 자신이 은퇴하겠다는 조건을 걸었다고 했다. 그의 직업역시 내기바둑꾼이었다.

면회 가는 길

　면회를 가는 길이었다. 초등학교 동기 중에 가장 먼저 군대에 간 친구가 훈련을 마치고 배치되었다는 최전방 지역에 있는 부대로, 스물두 살 먹은 대학생 둘이 각자 배낭을 메고 최대한 돈을 아끼느라 어지간하면 걷고 어지간하면 굶어가며. 돈을 아낄 수밖에 없었던 것은 각자 집에서 얻어가지고 온 돈이라는 게 몇 푼 되지 않았기 때문이었다.

　총검술과 각개전투, 완전군장 20킬로미터 구보 같은 혹독한 훈련을 무사히 통과하여 이 나라를 지키는 간성干城이 되었다는 늠름한 내용의 편지 말미에 "너희가 기왕 여름방학에 어디 놀러갈 거면 꼭 나한테 좀 들렀다 가라"는 간절한 문장을 살짝 끼워넣은 육군 이병이동진에게는 첫 면회일 것이었다. 일단 면회를 하게 되면 이이병을 부대 밖으로 데리고 나와서 통닭과 생맥주라도 사먹여야 할 것이고 하룻밤은 여관에서 자야 할 것이다. 두 사람이 가진 돈은 딱 그 정도 였다. 물론 두 사람은 면회 후에 완전한 무전여행으로 전환하게 될 것이어서 텐트와 코펠, 버너, 쌀, 된장 등을 챙겨서 각자의 배낭에 잔 뜩 집어넣어 오기는 했다.

아침에 집을 나서서 시외버스를 타고 부대가 위치한 북쪽의 도시 까지 오면서 아무것도 먹지도 마시지도 않은 채, 부대까지 남은 8킬 로미터가량의 거리를 터벅터벅 걸어가는 건 쉽지 않았다. 한여름의 뙤약볕 아래에서 헐떡이며 걸어가고 있는 두 사람의 머릿속에는 연 방 먹을 것이 떠올랐다. 닭이 알몸으로 두 다리를 하늘을 향해 쳐들 고 있는 것처럼 느껴지기도 하고 그늘에 앉아 되새김질을 하고 있는 암소가 그 큰 입을 열어서 "날 잡아 잡수시겠소" 하고 말을 걸어오는 듯한 환청에도 시달렸다. 전방 지역이라 그런지 과수원 같은 건 전 혀 눈에 띄지 않아서 썰 곳도 빌어먹을 데도 없었다. 이따금 흙먼지 를 일으키며 군용 트럭이 지나갈 뿐, 땡볕 아래 띄엄띄엄 있는 인가 와 길 모두 엎드려 자는 듯 조용했다.

"우와, 양배추다!"

"이야호! 배추 배추 양배추!"

두 사람의 입에서 동시에 환호가 터져나왔다. 짙푸른 양배추가 가득한 밭이 나타났던 것이다. 두 사람은 누가 먼저라 할 것 없이 두 팔을 뻗어 서로의 손바닥을 마주치고는 밭에 들어가 각자 하나씩 묵직한 양배추를 뽑아서 안았다. 두 사람이 먹기에는 반의 반 개로도 충분했지만 앞으로 돈이 완전히 떨어질 상황에 대비해야 했기 때문이었다. 두 사람은 가까운 곳 어디 시원하고 물 있는 데를 찾아 양배추를 곁들여 점심을 해결하고 면회를 가기로 결정했다.

"야, 이놈들아! 이 날도둑놈들아! 거기 서! 안 서?"

어디선가 고함소리가 들려왔다. 밀짚모자를 쓴 늙은 농부가 지겟작대기를 들고 달려오고 있었다. 두 사람은 도망을 치기 시작했다. 등에는 배낭을 지고 품에는 양배추를 하나씩 안아든 앞 볼록 뒤 볼록 맹꽁이 형상으로는 추격전이 벌어지면 만만치 않은 접전이 예상되는 상황이었다.

두 사람은 전속력으로 달렸다. 논두렁을 지나고 밭두렁을 넘어서 죽어라 하고 뒤도 돌아보지 않으며 달아나고 또 달아났다.

달리던 두 사람 앞에 강이 나타났다. 고주몽이 형들이 보낸 군사에게 쫓겨 달아나다 강을 만났을 때의 암담한 심정을 느끼며 두 사람은 걸음을 멈추었다. 그런데 웬일인지 농부는 멀찌감치 서서 더이상 추적해오지 않았다. 멀어서 잘 안 들리기는 했지만 '그 양배추 실컷 먹고 잘살아라'는 요지의 축복을 퍼붓는가 싶더니 돌아서 가버렸다.

"저 양반 축적된 에너지가 다 떨어진 거야. 이 여름에 자기라고 안 더워?"

"아니, 예상되는 아웃풋output을 인풋input으로 나눠봤겠지. 밭에는 하고많은 양배추가 있는데 단 두 개를 가지고 이렇게 체력 소모를 할 필요가 있는가, 또는 내가 이러고 있는 사이 다른 도둑놈들이 밭떼기로 훔치러 올 확률은 얼마인가 계산을 했을걸."

각자 대학 교양 과정에서 1년씩 배운 지식을 총동원해 해석을 마친 두 사람은 기왕 온 김에 시원한 강변에서 밥을 해먹기로 했다. 버너를 꺼내 불을 붙였고 쌀과 양배추를 강물에 씻어서 밥과 양배추쌈을 먹을 준비를 갖추었다. 쌀을 안친 코펠을 버너 위에 얹은 두 사람은 나란히 앉아 강물을 바라보았다.

"동해안 해수욕장이 별거냐, 설악산 계곡이 별거냐. 정말 죽여주는구만. 여기가 천국이네."

"그런데 이 좋은 휴가지에 왜 이렇게 사람이 없지?"

"응, 근데 마른하늘에서 웬 비가 온다냐?"

"그러게, 강물에 뭐가 퐁퐁 떨어지네?"

두 사람의 말이 끝나자마자 요란한 총소리가 들려왔다. 그건 기관총에서 나는 소리였으며 강 건너편에서 사격훈련이 진행중이라는 뜻이었다. 두 사람은 고등학교 시절 교련훈련이며 대학에서 병영 체험을 해본 터라 그게 총소리임을 곧 알아차렸다.

"오매, 이게 웬 난리래?"

"엄마야!"

두 사람은 낮은 포복으로 모래밭을 기어 최고 속력으로 강둑으로 빠져나왔다. 총소리가 그칠 때까지 강둑 뒤에 숨어서 머리를 숙이고 쌀이 밥이 되고 그 밥이 다 탈 때까지 엎드려 있었다.

할 일이 없어진 그들은 곧 가까이에서 표지판이 서 있는 것을 발견했다. 내용은 이랬다.

"경고 : 이곳은 군 사격장에서 가까운 곳으로 오발탄이 떨어질 수 있어 매우 위험하니 출입을 삼가주시기 바랍니다. 육군 초전박살부대 부대장"

그들은 급해서 못 보고 들어왔지만 근처에서 아는 사람은 다 아는, 알아서 안 오는 곳이었던 것이다.

"에휴, 친구놈 면회하러 가다가 저승사자 면회할 뻔했네."

"그래도 양배추는 먹을 수 있겠다. 그지?"

"평소에는 쳐다보지도 않던 양배추가 그렇게 먹고 싶으냐?"

"응. 앞으로 평생 양배추만 먹으면서 살 수도 있을 거 같다."

"음, 양배추가 건강에는 좋다지?"

난 아직 어리잖아요

　아무리 대한민국에서는 나이가 벼슬이라고 하나 고용한 영감님의 권위와 힘은 미수米壽의 나이에서만 나오는 게 아니었다. 젊은 시절부터 건강 체질을 자랑했고 일흔 살이 넘어 수영을 새로 배울 정도로 운동에 관심이 많았다. 육체적 건강은 물론이고 여든 살이 넘어서도 한동네 사는 육십대 이상 남자들의 이름, 나이, 자식의 숫자, 본관을 다 외우고 있을 정도로 정신건강도 좋았다.

　고용한씨가 마을에서 공식적으로 '영감님'으로 불리기 시작한 건 귀향한 육십대 중반부터였다. 마을에서 나이 많은 사람들이 대체로 '영감'이라고 불리기는 했지만 특별히 고용한씨에게만 '님' 자가 하나 더 붙은 것은 그가 경위 바르고 경험과 지혜가 많은 노인의 이상적인 모델로서 인식되었기 때문이었다.

영감은 조선시대에 정3품이나 종2품의 고관을 일컫던 말이라고 한다. 고용한 영감님은 단지 면장을 지냈을 뿐이지만 말단 공무원으로 출발하여 면장이 되기까지 정3품에 해당할 시장, 군수는 물론 종2품 도지사도 꼼짝 못하게 할 정도로 원리원칙을 고수하는 사람으로 유명했다. 거기다 소싯적에 독학한 한자와 고사성어를 섞은 완성도 높은 문장으로 이루어진, 문어체적이고 함축적인 말투 자체가 상당한 권위를 부여했다.

영감님의 집은 마을의 제일 위쪽, 산에 접한 곳에 있다. 막바지에는 젊은 사람들도 숨이 잠시 가빠지는 가파른 경사로를 100여 미터 올라가야 한다. 마을에 처음 온 사람들은 마을 가장 높은 곳 산자락, 울창한 국유림에 접한 곳에서 붉은 얼굴에 흰머리를 휘날리며 마을 전체를 굽어보고 있는 영감님을 보며 산신령을 연상하곤 했다. 이렇게 자신의 발아래에 있는 마을의 움직임을 파악하는 게 영감님의 취미였고 하루 서너 번 마을에서 집까지 소요하듯 오르내리며 마을 돌아가는 것을 지켜보는 게 영감님의 소일거리였다.

마을 입구에 영감님의 셋째딸이 살고 있었고 읍내에는 맏아들이 살고 있었으니 이따금 아버지의 집에 들러 냉장고도 채워넣고 겨울철에는 보일러에 기름이 떨어지는 일이 없도록 보살폈다. 직접 찍은 흙벽돌로 지은 야트막한 집에 살고 있는 영감님은 아들이 사는 고층 아파트는 죽어도 가기 싫다고 했고 셋째사위가 지은 유럽풍의 목조 주택도 타박을 했다.

"흙으로 만들어진 인간, 흙에서 나서 흙을 딛고 살다가 흙으로 돌아간다. 그게 천리天理다."

영감님은 사위를 보면 으레 한말씀하셨다. 그리고 거기에 한두 마디를 덧붙였다.

"똥배 좀 빼라. 뱃살은 만병의 근원."

한편 영감님에게 은근한 자랑거리가 있었으니 그건 바로 '천하무적의 오줌발'이었다. 게이트볼 시합이 끝나고 마을회관에서 친구들과 모여앉아 막걸리를 마시는 날이면 영감님의 큰 목소리와 자랑하는 소리밖에 들리지 않았다.

"나는 소변을 자주 보러 가지 않는다. 가면 굵고, 짧고, 강하게 일을 본다. 아침 점심 저녁 하루 세 번, 그걸로 끝이다."

이야기는 거기에서 그치지 않았다. 한자리에 앉아 있다 오줌을 누러 간 사람들이 어김없이 비평의 대상이 되었다.

"사내로 자처하면서 어찌 경망스럽게 술자리에서 촐랑촐랑 일어났다 앉았다 풀방구리에 쥐 드나들듯 측간 행보를 하는가. 환갑도 안 되는 아이들까지 저러는 걸 보면 국가의 장래가 심히 염려되는도다."

그거야 체질 문제이고 많이 먹고 적게 마시는 것의 차이에서 나오는 것인데 일방적인 평가가 아니냐고 억울해하는 사람이 많았지만 영감님 권위에 눌려, 사내들끼리 그런 말을 할 때 으레 그렇듯 이야기 듣는 쪽이 기가 죽어 모른 체하는 게 보통이었다.

20여 년간 변함없던 영감님의 활동은 근년에 60년 넘게 해로하던 부인과 사별하고 나서 두 달 동안 완전히 멈추었다. 그동안 마을 경로당에서는 하루가 멀다 하고 싸움이 벌어졌고 길에 말리려고 내놓은 고추며 참깨를 싹쓸이해가는 도둑질에, 음주운전을 포함한 교통사고까지 발생했다. 영감님이 다시 모습을 보이자 모든 분쟁은 즉각 종식되었다. 마을 고등학생 하나가 서울에 있는 국립대학교에 합격한 것까지 영감님의 덕이라는 말이 돌았다.

하지만 영감님의 활동은 전과 비교할 수 없이 줄어들었다. 의욕이 떨어진 것 같기도 했다. 어느 날 마을에 큰 뉴스가 알려졌다.

"알고 보니까 고영감 방광에 큰 문제가 있다는구만. 보건소 변소에서 오줌 검사한다고 서서 삼십 분을 보내고 있는 걸 내가 봤다."

영감님보다 열 살 연하인 김교감의 증언이었다. 그는 오래도록 교편을 잡다 퇴직하여 고향마을에 돌아왔다. 오기만 하면 곧바로 마을의 지도자가 될 것으로 여겼으나 영감님은 그의 귀향 초기에 아주 간단하게, 이런 말씀과 함께 김교감의 야망을 좌절시킨 바 있었다.

"마을 일은 이장이 알아서 한다. 마을 살림은 새마을 지도자, 부녀회장이 하면 된다. 전직 교육자는 이제 남을 가르치려 하기보다 근면하게 배우고 익혀 스스로를 수양함에 힘쓸지어다."

어떻든 사람들의 입에서 입으로 영감님이 처한 어려운 정황이 삽시간에 퍼져나갔다.

"그 양반이 원래 자기가 비정상적인데 정상인 우리들을 그래 갈구고 가르칠라고 그랬구마이. 이때까지 당한 거 생각하면은 눈물이 팍 쏟아진다."

"그래 억울했던겨? 사실상으로다가 조영감 당신이 변소에 너무 자주 가는 건 맞어."

"오이야, 그라는 너는? 날아가는 참새맨구로 여 찔끔 저 찔끔 싸 대민서!"

그러면서 누가 영감님의 뒤를 이어 마을의 정신적 지도자가 될 것인가에 대한 예측이 아전인수 격으로 난무했다. 주말이면 산을 메우는 등산객들이 쓰레기를 못 버리게 훈계하는 일은 누가 맡을 것인지, 마을회관에서 시시로 벌어지는 논쟁에서 누가 심판 역할을 할 것인지, 누가 공정하게 게이트볼 마을대표를 선발할 수 있을 것인지에 대해서까지, 영감님이 침묵을 지키고 있는 사이 모두들 중구난방 갖가지 의견을 내놓았다.

마침내 영감님의 비뇨기계 기관에 다소간의 문제가 있다는 사실이 사위와 아들, 딸을 거쳐 70여 명의 자손에게 알려졌다. 아홉 남매의 자식들이 회동하여 결론을 냈다. 그들은 어느 햇살 좋은 가을날

병원 의사인 손자를 앞세워 영감님의 집으로 쳐들어갔다. 싫다는 영감님을 떠메다시피 하여 모시고 나와 병원에서 수술을 받게 했다. 손자의 말이 결정적으로 주효했다.

"그냥 오줌 눌 때 불편한 걸 없애드리려는 거예요. 참고 사실 필요가 없잖아요. 아주 간단한 수술이니까요."

퇴원한 뒤 영감님은 옛날의 기력을 회복했다. 아침저녁으로 마을을 순시하는 일정도 재개했다. 그러면서 자신의 사위를 위시한 육십대 젊은이들의 비만과 운동 부족, 무반성, 무신경을 볼 때마다 신랄하게 지적하고 비판했다. 전에 하지 못했던 것을 보충이라도 하듯 펄펄 날아다니다시피 했다.

"건강하시다니 좋긴 한데 너무 챙기시니까 동네 사람들이 괴롭기도 한가봐. 혹시 외로워서 더 그러시는 건 아닐까? 사귈 만한 분은 없으신가?"

누이동생으로부터 아버지의 근황을 전해 들은 육십 후반의 맏아들이 아내에게 말했다. 아내는 셋째동서에게 연락하고 한때 문학소녀였던 동서는 여든 살에도 충분히 사랑에 빠질 수 있다고, 『젊은 베르테르의 슬픔』을 쓴 독일의 문호 괴테가 일흔다섯 살에 열아홉 살 소녀를 짝사랑한 사실을 이야기했다. 영화광인 막내딸은 영화배우 앤서니 퀸이 여든 살 넘어 자식을 본 것을 기억해냈다. 말은 돌고 돌았다.

이윽고 영감님의 자손들에게 하나의 합의가 생겨났다. 영감님이 원한다면, 마땅한 여성이 있다면 소개를 해드리자는 것이었다. 일단 본인의 의사를 알아보기 위해 전권대사로 선정된 셋째사위가 영감님의 집을 찾았다.

"장인어른, 요즘 참 보기 좋으십니다. 무슨 재미있는 일이라도 있으신가요?"

독창적으로 창안한, 호랑이 걸음을 흉내낸 체조를 하느라 땅에 팔을 짚고 엎드려 있다 일어난 영감님은 사위의 두툼한 아랫배를 흘겨보며 말했다.

"그제 어제 오늘 내일 모레 글피 다 같느니. 여긴 왜 왔나?"

"저 그게 말입니다…… 장인어른께서 요즘 기력이 왕성하시고 원기가 넘치시는 것 같아서 저희들이 모두가 기뻐하고 있습니다."

"그래서?"

"그런데 혹시 말입니다. 혹시 마음에 두고 계신 여자분이라도 있으신가 해서……"

영감님은 퉁명스럽게 대꾸했다.

"뽕나무밭 있는 새집에 이사 온 여자가 나보고 자꾸 오빠 오빠 하고 찾아와서는 삶은 옥수수, 찐 고구마 이런 거 놓고 간다. 반갑지는 않아. 그냥 젊고 귀여워서 이야기를 들어주는 정도지."

"와, 그거 정말 잘됐습니다. 혹시 두 분 같이 사귀시다가 서로 마음이 맞으시면 한집에서 한솥밥을 드시고 김밥 싸서 소풍도 가시고 저녁에는 그냥 한방에서 텔레비전 보시고…… 이히히힛!"

영감님은 눈살을 찌푸렸다.

"자네 당근 잘못 먹었어? 왜 망아지 우는 소리를 내고 그래?"

"아닙니다. 제가 그냥 듣기만 해도 좋아서 그만…… 그런데 그 여자분 연세는 어떻게 되시나요?"

영감님은 여전히 마땅찮다는 얼굴로 툭 내뱉었다.

"여든둘이라나 셋이라나. 아직 너무 어려."

잘하지는 말고 못하지도 말고

고등학교를 졸업한 지 어언 25년이 되었다. 동창회에서 날씨 좋은 가을날을 잡아 옛 은사를 모시고 가족 동반으로 모이기로 했으니 나오라고 연락을 해왔다. 어쩐지 가보고 싶었다. 사춘기 시절, 별것 아니지만 엄청날 것 같았던 비밀과 사소한 비행을 공유했던 아이들의 얼굴이 하나둘 떠올랐다. 그들은 그때와는 엄청나게 달라진 얼굴을 하고 있을 것 같았다.

당일 행사 시간보다 조금 일찍 도착해보니 진행을 맡은 집행부에서 몇몇이 벌써 나와 있었고 재학생들로 이루어진 브라스밴드에서 선배들을 환영하는 음악을 연주하고 있었다. 마침 내가 들어섰을 때 연주되던 음악은 스코틀랜드 민요 〈로몬드 호수Loch Lomond〉였다.

191

혼하지는 않지만 나와 같은 고등학교를 졸업한 사람이라면 결코 잊지 못할 멜로디였다. 바로 교가가 그 노래의 멜로디에다 구한말에 출간된 성경 구절 같은 가사를 붙여 만들어졌기 때문이었다.

"주의 첫 빛이 이 땅에 비치시사/사면 뻗쳐서 뻗어가니/이 어둡던 세계 광명하도다/빛을 찾는 이 인도키 위해……"

입학식부터 졸업식까지, 그 사이의 갖가지 조회와 행사 마지막에 합창으로 울려펴지던 장중하고 엄숙한 교가의 멜로디는 건조하고 형식적이라 여겼던 홈커밍데이의 분위기를 삽시간에 아련하고 애틋한 것으로 바꿔놓고 있었다.

원래의 가사가 뭐였더라. 그렇지. "By yon bonnie banks and by yon bonnie braes, Where the sun shines bright on Loch Lomond……" 중부 유럽에서 바다를 건너 스코틀랜드, 아일랜드로 간 켈트족들이 쓰던 게일어와 영어가 혼합된 고풍스러운 가사, 스코틀랜드 민요 특유의 느리고 애절한 멜로디는 쟁기날이라도 달린 듯 마음속 깊은 곳으로 파고들었다. 25년이라는 시간의 수레바퀴 소리가 무의미해지는 시공으로 순식간에 데려가는 그 음악에 나는 콧날이 시큰해졌다.

"헤이, 성억제! 성억제 맞지? 반갑구나! 나 형규야, 박형규! 너하고 2학년 때 한 반이었지."

나는 꿈에서 깨듯 감상에서 벗어나 내 손을 잡고 흔들어대는 중

년 남자를 마주보았다.

"어? 어 그래. 박형규. 너, 봄소풍 가서 장기자랑하라고 할 때 징글 벨이라는 크리스마스캐럴 불렀지. 그래, 맞아. 그 형규구나."

"별걸 다 기억하고 있네. 너 지금 밴드 연주 듣고 옛날 생각했지? 우리 2학년 때 백호기 축구 준결승전 지고 나서 울면서 교가 부르던 거 생각나?"

그러고 보니 박형규의 옷차림이 범상치 않았다. 검은 연미복에 흰 와이셔츠 차림에 나비넥타이까지 매고 있는 것이 오페라 아리아의 밤에 무대에 설 가수라고 해도 이상할 게 없었다.

"너 오늘도 장기자랑할 거니? 설마 또 캐럴?"

박형규는 내 말에 한참을 킬킬거리고 웃었다. 별로 우스울 것도 없는데.

"너 들어봤니? '노래하는 아버지들'이라는 사회인 합창단이 있는 데 거기서 내가 지휘하잖아. 우리 동창들도 서너 명 멤버로 들어가 있어. 가끔 공연도 해. 이번에 홈커밍데이 한다기에 분위기 띄워주 려고 온 거야."

"그거 참 좋은 일이네. 노래를 부르는 아버지들이라니, 가족들이 공연 보러 가면 꽤나 뿌듯하겠다. 다들 사는 것처럼 사는구나. 부 럽다."

시간이 좀 있어서 우리는 고등학교 시절 체육 시간에 그늘을 드리워주던 느티나무 아래 나란히 앉아 그동안 살아온 것이며 연락이 닿는 친구들의 근황에 대해 이야기했다. 그런데 자꾸 박형규의 복장이 눈에 들어오는 바람에 어떻게 음악과 인연을 잇게 되었는지 묻지 않을 수 없었다.

박형규는 원래 노래를 잘했다. 중학교 시절부터 교회 성가대에서 찬송가를 불렀고 예배 시간에 독창을 하기도 했다. 고등학교 1학년 때 입학식 뒤 자기소개를 하는 자리에서 그는 가스펠 송과 가곡을 불렀다. 유행가가 아니라고 불평하던 아이들도 끝까지 성의를 다해 노래 부르는 걸 보고는 결국 박수를 쳐주게 되었다. 부르는 노래로 미뤄보아도 그는 성실하고 착한 친구였다. 사람들 말을 곧이곧대로 듣고 잘 속기로도 유명했다.

그러던 그가 군대를 가게 되었다. 주변 사람들은 여러 가지로 걱정이 되어서 그에게 갖가지 충고를 해주었다. 앞에 서지 마라, 꼴찌도 하지 마라, 군대는 선착순이지만 뒤로 선착순이라는 것도 있다 등등. 그는 훈련소 가운데서 가장 오랜 전통을 자랑하는 논산훈련소로 갔고 거기서 음악 때문에 뜻밖의 활약을 하게 되었다.

박형규가 훈련소에 입소하고 나서 며칠 뒤 훈련병 전체가 모인 자리에서 배가 나온 중대장의 정훈교육이 시작되었다. 중대장은 논산훈련소가 원래 정식 이름이 육군 제2훈련소인데 제1훈련소는 6·25동란 때 제주도에 세워졌고 그 뒤를 이어서 논산에 훈련소가 세워진 까닭에 그런 이름이 붙었다고 설명했다. 이어서 "나가 시방 〈제2훈련소가〉를 가르치기는 가르쳐야 할 텐데 말이시" 하더니 갑자기 "여기 신병 중에 음대 다니다 온 사람 있능겨? 좋은 말 할 때 손 들어부아" 했다. 아무도 손을 들지 않자 이번에는 "가수나 가수지망생도 괜안타. 중고등학교 밴드부에서 나발 좀 불어댔다 하는 아는 없노?" 했는데 여전히 좌중은 잠잠했다. 중대장의 얼굴이 점점 굳어지고 있었다. "그러면 합창단이나 중창이라도 한 적이 있는 인간?" 하고 물었다. 모두들 다음에는 곧 중대장의 언사가 대단히 과격할 것이라 짐작하고 있었다. 그러기 전에 제발 누가 나서줬으면 했는데 그때 박형규 훈병이 살그머니 손을 들었다.

"뭐야? 너 뭐 해봤어?"

"중고등학교 때 교회 성가대 했습니다."

"그래? 그럼 너 악보 볼 줄 알지? 앞으로 튀어나와!"

중대장은 탄환처럼 달려나온 박형규에게 〈제2훈련소가〉가 인쇄된 종이쪽 한 장을 쥐여주었다. 그건 다른 훈련병들이 미리 받은 여러 장의 종이쪽 가운데 하나이기도 했다. 〈제2훈련소가〉는 중대장이나 다른 부사관, 기간병들조차 쉽게 부를 수 없을 만큼 어려웠다. 악보를 볼 줄 안다는 것과 순진한 성격으로 형성된 군기 덕분에 박형규는 중대원이 보는 앞에서 〈제2훈련소가〉를 부르는 데 성공했다. 이어서 중대 전체에 〈제2훈련소가〉를 가르치게 되었다.

그 어려운 훈련소가를 가르칠 줄 아는 훈련병이 있다는 소문이 퍼지자 이웃 중대에서 빌려달라고 요청을 하는 바람에 박형규는 여기저기 불려다니느라 바빴다. 그러다보니 힘든 훈련에서 여러 번 예외가 되는 혜택도 입었다. 마침내 훈병 박형규는 연병장에서 연대장 이하 수십 명의 장교와 수백 명의 사병이 지켜보는 가운데 전 병력이 합창하는 〈제2훈련소가〉의 지휘를 하게 되었다. 계급도 없는 훈련병이 연대 병력을 하나처럼 움직인 것은 전무후무한 일이었다.

　　백제의 옛 터전에 계백의 정기 맑고
　　관창의 어린 뼈가 지하에 흔연하니
　　웅장한 호남 무대 높이 우러러 섰고
　　대한의 건아들이 서로 모인 이곳이
　　오! 젊은이의 자랑 육군훈련소

　　박형규는 훈련소에서 나온 지 이십 년이 넘은 지금까지도 백제의 장군 계백과 신라의 화랑 관창의 혼백과 뼈가 들어가 있는 심오한 가사를 2절까지 외우고 있었다. 그뿐 아니라 반음과 장식음이 들어 있는 예술성 높고 고색창연한 멜로디의 〈제2훈련소가〉를 허밍으로 불러주기까지 했다.
　　"그래서 지휘자의 세계에 발을 들여놓은 거란 말이지? 아울러 오늘날 은사들과 동창 가족들을 모시고 〈제2훈련소가〉를 부르시려고?"

"에이. 그게 그렇게 쉽나. 인생이 얼마나 복잡한 건데."

박형규는 다시 킬킬거리더니 이야기를 계속했다. 그렇게 제2훈련소에서 혁혁한 공을 세우고 4주간의 훈련병 시절을 편하게 보낸 박형규는 휴전선에 가까운 부대에 배치받았다. 그런데 그곳에서 행정반 고참으로 제대를 몇 달 앞두고 있던 대학 선배 김병장과 마주치게 되었다. 김병장은 박이병에게 "소대 배치받으면 신고도 해야 되고 여러 가지 시키는 대로 해야 할 건데, 너 노래 잘하는 거 소문나서 만날 천날 노래를 시키면 군대 생활 정말 괴로울 거다. 처음에 노래할 때 알아서 적당히 해라. 너무 잘하지도 말고 못하지도 말라는 거다"라고 충고를 해주었다. 박이병은 잘 알겠노라고 하고 소대로 갔고 그날 저녁 전례에 따라 소대원들 앞에서 신고식을 하게 되었다. 일단 필수적인 절차가 끝나고 나자 고참들의 주문이 떨어졌다.

"신병! 노래 일발 장전!"

박이병은 바로 위의 고참 고일병이 알려준 대로 '철커덕' 하고 노리쇠를 후퇴시켰다 닫는 소리를 냈다. 고참들의 명령이 합창으로 울려퍼졌다.

"바리바리 발사!"

박이병은 손을 모아 왼손으로 오른손을 덮게 겹치고는 배 위에

없었다. 그러고는 뱃속 깊은 곳에서 도도하게 우러나오는 저음으로
노래를 부르기 시작했다.

"Ave Maria Gratia plena Dominus tecum Ave Maria……"

그나마 흔한 슈베르트의 〈아베 마리아〉도 아닌, 네덜란드 작곡가
야코프 아르카델트의 〈아베 마리아〉를 라틴어로 부르는 것이었으
니 소대원 그 누구도 들어본 적이 없는 노래였을 터였다. 그가 두번
째 소절의 고음부로 접어들어 끊어질 듯 이어질 듯 "베네딕타 투 베
네딕타 투 무리에리부스 에 베네딕투스……"까지 뽑어냈을 때 사방
에서 "고마 고마 고만!" 하는 비명이 터져나왔다.

그뒤로는 다시는 그에게 노래를 부르라고 강요하는 사람이 없었
다. 그는 앙코르가 나올 때를 대비해서 〈로몬드 호수〉를 원어 가사
로 부를 생각을 하고 있었다고 말했다. 시간이 되어 제비 꼬리가 달
린 양복을 고쳐입고 무대로 향하는 그의 뒷모습을 보며 나는 그가
성실하고 착한 사람이긴 하지만 절대로 고지식한 건 아니라고 생각
했다.

게를 먹는 게 맞는 게 아닌 게요?

태어날 때 별자리가 게자리인 내가 먹어본 게의 종류는 다음과 같다. 소프트셸크랩, 방게, 꽃게, 대게, 킹크랩, 털게.

소프트셸크랩은 볶음으로 먹었다. 맨 처음 먹은 장소는 미국 하고도 뉴욕이다. 뉴욕 최고의 요리를 찾아 변장까지 하고 식당에 들어가서 맛을 본 뒤 평가하는 전문기자가 3주 연속 별 세 개를 매겼다는 식당에서였다. 뉴욕 사는 후배가 손가락 지문이 닳도록 전화기 번호판을 눌러서 겨우 예약한 터라 급조된 음식 탐험대 세 사람은 나란히 점심을 굶고 저녁 시간에 식당에 도착했다.

가을철이고 날씨가 좋아서 모교 운동장에서 동창회라도 했는지 혈색 좋고 덩치 큰 백인 남정네들이 식당을 꽉 채우다시피 하고 있었다. 한 사람에 50달러쯤의 돈을 내고 식당에 입장한 우리는 전혀 꿀릴 게 없다는 마음으로 다리에 힘을 주고 앉아서 앞치마를 목에 걸었다. 음식을 실은 작은 수레가 바퀴 소리도 요란하게 내며 오더니 샐러드 접시와 작은 게가 가득 담긴 접시 하나를 내려놓았다. 중국음식점에 가면 요리가 나오기 전에 가져다주는 단무지나 양파, 자차이榨菜 같은 밑반찬이라도 되는 것처럼 심상하게.

의식하지 않으려고 했으나 옆자리의 남정네들이 엄청난 성량과 알지 못할 내용으로 뿜어대는 흥분의 열기가 우리를 끊임없이 자극하고 있었다. 그래서 생맥주를 주문했다. 옆자리 남자들이 들고 있는 잔의 크기보다 두 배가 되는 잔으로. 생맥주가 오기 전에 꼭 볶은 땅콩처럼 접시에 누워 있는 게를 한 마리 집어들었다. 말 그대로 껍질이 부드러워서 그런지 씹자마자 껍질이 바스러지며 뜨거운 내용물이 입속의 점막과 닿았다. 간을 한 듯 짭쪼름하고 매콤했다. 직감적으로 중독성이 느껴졌다. 아니 이놈들이……나는 다시 하나를 입안에 집어넣었다. 티라노사우루스가 검치호를 깨물듯이 사정없이 등짝에서 배까지 껍질을 박살냈다. 내장에서 나올 법한 꺼림칙한 냄새는 전혀 나지 않았다. 맛있었다. 조리한 지 오래되지 않아 뜨겁고 기름지기도 했다. 생맥주가 오기 전에 이미 나는 10마리 이상의 '몰랑 껍질 게'를 씹어삼킨 뒤였다. 또다시 10마리를 생맥주 1리터의 안주로 먹고, 그래도 바닷가재가 안 나오기에 또다시 1리터짜리 생맥주를 주문해서 남은 게를 다 먹고 나니 분하게도 바닷가재를 먹어야 할 배가 다 차버렸다. 그런 내 사정을 아는지 모르는지 옆자리의 남자들은 일 분이 멀다 하고 "치어스!"를 외치고 있었다. 아, 저렇게 해서 배를 꺼지게 하고 또 먹고 처먹고 처마시는구나 싶긴 했지만 이미 때는 늦어 있었다. 어쩌면 그게 내가 게 종류에 속하는 바다동물을 먹은 최초의 사례이지 싶다.

방게를 먹은 곳은 잡초와 흙 같은 자연재료로 만드는 음식으로 널리 알려진 요리사가 서울에서 멀찌감치 떨어진 자연 속 강마을에 연 식당이었다. 거기서도 뉴욕 바닷가재 식당이나 마찬가지로 한 사람당 얼마씩의 돈을 받고 음식을 제공하는 방식을 취하고 있었다. 가격에는 상, 중, 하 세 등급이 있었는데 '중'을 주문하는 빈도수가 제일 많고 그 식당에서 자신하는 메뉴가 아닐까 싶었다. 그 메뉴의 제일 앞쪽에 나온 것이 공교롭게도 방게튀김이었다. 종업원이 접시를 가져오면서 한 말이 "방개튀김입니다"로 들려서가 아니라, 거기가 바닷가가 아닌 강가였던 까닭에 나는 순간적으로 어릴 때 자주 보았던 물방개를 튀겨온 것인가 했다. 물론 아니었다. 물방개는 딱정벌레목 물방갯과의 곤충이고 방게는 십각목 바위겟과의 갑각류이다.

접시에 놓인 방게는 소프트셸크랩보다 훨씬 작았고 얇은 튀김옷이 입혀져 있었으며 숫자가 셋밖에 되지 않았지만 분명히 게였다.

201

낚싯바늘처럼 끝이 날카로운 집게발은 작은 까닭에 더욱 분명한 모양을 보여주고 있었다. 나는 일행에게 뉴욕의 소프트셸크랩에 대해 길게 이야기를 늘어놓은 뒤에 방게를 입에 집어넣었다. 바삭, 하고 뭔가 부스러지는 소리와 함께 약간은 씁쓸한 맛이 나는가 싶더니 입천장이 따끔했다. 집게발 끝이 살에 박혔던 것이다. 그러고 보니 먹기가 미안할 정도로 예뻤다. 깨알만한 눈까지 생생하게 살아 있는 듯 보였으니까. 그 식당의 음식들은 대체로 그랬다. 먹기가 아깝도록 모양을 냈다. 프랑스식과 한국식을 절충한 형태라던가.

꽃게를 맘껏 먹은 곳은 서해안의 어느 항구에서였다. 꽃게 어장인 연평도의 해전으로 기억되는 6월을 조금 지나, 꽃게가 제철이던 때였다. 주말에 식구들과 1박 2일로 여행을 떠났는데 집에서 가까운 서해안 어디어디로 가면 좋다고 추천해준 분이 공무원이었다. 꽃게를 한번 실컷 먹어보자고 간 길이어서 도착하자마자 숙소를 잡고 가까운 항구로 나갔다. 어선들이 들어오면 수확물을 받아서 도매금으로 파는 곳이 있었다. 그 집 수조에 꽃게들이 가득차 있었다. 수게 1킬로그램에 1만 5천 원이었다. 아이 손바닥만한 게 세 마리 정도였다. 2만 원짜리 암게 세 마리에 수게 세 마리를 사가지고 와서 양동이에 넣고 쪄서 순식간에 해치워버렸다. 어른 다섯 명에 아이들 둘이었으니 아무리 제철이고 속이 차있는 게라 한들 그렇게 되는 게 당연했다. 아쉬운 마음에 입맛을 다시고 있는데 행선지를 추천해준 공무원이 숙소 앞에서 자동차 경적을 울렸다. 잘 있는지 궁금해서 왔으며 저녁을 먹고 가겠다는 것이었다. 게를 더 먹고 싶다고 했더니 파는 곳에 함께 가보자고 했다.

공무원은 자신이 한때 그 지역의 농수산물을 담당한 적이 있노라고 했다. 항구 도매점의 주인도 공무원을 알은체했다. 두 사람은 악수를 나누었다. 그리고 공무원은 멀찌감치 가서 담배를 피우면서 머나먼 바다에서 밀려오는 파도를 바라보며 무심한 자세로 서 있었다. 내가 게를 저울질하는 동안 주인이 뜰채를 들고 어딘가를 다녀왔다. 그의 손에 들린 뜰채에는 수조에 든 게 평균 크기의 두 배는 됨직한 우람한 게가 가득 들어 있었다.

"우와, 이게 다 얼맙니까?"

내가 묻자 주인은 고개를 45도쯤 돌린 채 빠르게 '만 원'이라고 했다. "이게 킬로그램에 만 원밖에 안 해요? 아까 거보다 훨씬 더 큰데? 수입산인가요?" 주인의 고개는 아예 90도로 돌아갔다. 그리고 바람결에 들린 대답은 이랬다. "다 합쳐서 만 원이라니까요. 빨랑 계산하고 가지고 가쇼, 사람 맘 변하기 전에."

나는 비닐봉지 두 개가 찢어지도록 무겁게 담은 게를 양손에 나누어 들고는 세상사에 초연한 표정으로 바람에 담배 연기를 날리고 있는 공무원을 바라보며 제목 하나를 떠올렸다. '이 사람들이 사는 법'이라고.

대게는 영덕과 울진 앞바다에 있는 왕돌잠이라는 수중 바위군에서 생장하는 박달게를 최고로 친다고 한다. 대게는 크다고 해서가 아니라 대나무처럼 다리에 마디가 있다고 해서 한자로는 죽해竹蟹라고 쓴다는 것은 웬만한 사람은 다 알고 있다. 성질도 대쪽 같아서 산 채로 그냥 찌기 시작하면 찜통 안에서 다리를 비틀어서 다리가 부서지고 만다고 한다. 그래서 대게를 찜통에 넣기 전에 끓는 물을 입에 조금 부어서 반쯤 죽이고 나서 찌는 게 순서란다. 이 대게가 서식하는 남방한계선이 바로 한반도의 동해안이다.

박달게는 정말 귀하고도 비싸다. 한번은 음식에 관한 글을 쓰고 원고료를 받아서 진짜배기를 먹어보자고 벼르고 벼르던 대게 전문 식당에 갔다. 세 사람이 와인 한 병을 주문하고 원고료에 딱 맞게 3인분의 정식을 먹었다. 먼저 게살 샐러드가 나왔고 생야채에 이어 냉국수, 생선회가 나오는 게 일반 횟집과 비슷한가 싶더니 기다리던 게찜이 등장했다. 그 뒤로 여러 가지 음식이 나왔지만 박달게 얼굴 볼 일은 없었다. 배는 불렀지만 왠지 섭섭했다.

대게는 다리가 10개인데 킹크랩은 8개이다(킹크랩도 다리가 10개인 갑각류들이 있는 십각목에 속하지만, 두 개의 다리는 퇴화해서 등딱지 안에 숨겨져 있다). 대게보다 덩치가 크다. 수입산 킹크랩을 전문으로 파는 곳은 서울 시내에도 여러 군데 있다. 그 식당 앞쪽에는 킹크랩들이 가득 들어 있는 수족관이 있고 그 속에 든 게들은 거의 백 퍼센트 살아 있다. 문제는 그 앞에서 킹크랩을 쪄대는 웅장한 찜통이다. 어느 겨울 늦은 오후, 스러져가는 햇빛 속에서 뿜어져올라가는 거대한 김 기둥이 내게는 어쩐지 아우슈비츠 수용소를 연상시키는 것이었다. 수족관에 든 게들이 그 김을 바라보며 무슨 생각을 할지, 생각은 없어도 느낌은 있을 터인데 무슨 느낌을 가질지 궁금하면서 약간은 심란했다. 그런 선입관 때문인지는 몰라도 막상 먹어본 킹크랩은 맛이 특별하지 않았다. 살은 많았지만 게 특유의 향기나 맛을 거의 느낄 수가 없었다. 게살만 먹고 배부르기는 처음이었다.

털게는 미식가로 존경해 마지않는 시인 백석의 산문에서 맛있다는 걸 알게 되고는 꼭 한번 먹어보리라 작정했더랬다. 몇 해 전 겨울에 동해안에 갔다가 수족관에 들어 있는 털게를 보고는 즉각 실천에 옮겼다. 고등학교에 막 진학한 아들이 뭔가 징그러운 모험을 앞둔 것처럼 식탁에 마주앉아 얼굴을 찌푸리고 있었다. 맛보기로 먼저 킹크랩 다리가 도착했다. 나는 그거 먹었다가는 진짜 맛있는 건 못 먹는다며 손끝도 대지 못하게 했다. 삶은 콩이 나왔다. 역시 접촉 금지. 오이나 당근도 안 됨. 열일곱 생애 동안 한 번도 먹어본 적 없는 생마늘, 청양고추는 마음대로 해도 됨.

마침내 도깨비 다리처럼 털이 숭숭 난 털게찜이 식탁에 놓였다. 의외로 껍질이 얇았다. 살이 야무지게 꽉 차 있었다. 제철이어서가 아니라 원래 그렇게 생겨먹은 것 같았다. 살은 쫄깃하고 단단해서

205

오래 씹혔다. 정말 환상적이었다. 특히 몸통 부위의 노란 알과 내장의 향긋함은 천하제일의 일미라고 해도 손색이 없을 정도였다. 서해안에서 대게만한 꽃게를 먹어본 경험이 있는 아들도 손가락을 빨며 동의했다.

별자리가 게자리인 사람은 마음이 굳고 성실하며 환경에 대한 적응이 뛰어나다고 한다. 타인의 행동과 의지에 융통성 있게 반응해 안전한 결과를 얻으려고 노력한다나. 게는 작은 어류나 오징어, 문어, 새우 등을 먹고 사는데 먹을 게 떨어지면 자기들끼리 잡아먹기도 하고 심지어 제 다리를 먹기도 한단다. 이처럼 환경에 잘 적응하고 융통성이 있다는 게 게가 맛있는 이유일까? 원래 맛있는 게를 뜯어먹은 게가 맛없을 리 없으리니, 게자리인 나도 다른 게자리 사람을 조심해야 하는 건 아닐까? 혹은 배고픈 나를?

내 생애 단 한 번만의 일

1. 쓸개 없는 인간

차민호는 일찍 돌아가신 부모에게서 물려받은 재산도 별로 없고 남들보다 많이 배우지도 못했다. 직장 역시 남들이 부러워할 만한 곳이 아니고 일도 쉽지 않아 보인다. 그런데도 늘 쾌활하다. 뭐 하나 어려울 게 없다. 일이 된다면 될 것이고 안 되면 그만이지 억지를 쓸 것도 억울해할 것도 없다는 게 그의 인생관이다.

십여 년 전 어떤 모임에서 차민호는 술을 마시고 운전을 하게 되었다. 차민호가 사는 지방은 밤이 되면 차는 고사하고 사람 구경하기도 힘든 시골이다. 당시에는 음주운전을 하지 말라고 말리는 사람조차 없었다. 동네에서 뭘, 하는 게 일반적인 인식이었다. 그런데 세

상에는 일반 상식만 가지고 이해할 수 없는 일이 가끔 일어난다. 그
날이 바로 그런 날이었다. 전날 옆 동네 누군가가 음주운전으로 교
통사고를 냈고 그 때문에 집중 단속 지시가 떨어져서 경찰이 음주운
전 단속을 하고 있었다.

차를 몰고 큰길로 나오자마자 경찰과 맞닥뜨린 차민호는 혼비백
산해서 다시 차를 돌려 원래 있던 곳으로 오려고 했다. 그러나 출동
한 지 몇 시간이나 되도록 성과가 없던 경찰이 오랜만에 본 수상한
차를 그냥 보낼 리 없어서 추격전이 시작되었다. 차민호는 경찰의
거듭되는 정지신호를 무시하고 계속 달리고 달려서 모임이 있던 장
소를 지나 조상의 무덤이 모여 있는 산 아래까지 20킬로미터가량
도주했다. 그러고도 경찰차가 계속 추격해오자 차에서 내려서 산 위
로 도망가서 무덤 사이에 숨었다. 경찰은 차번호를 조회하는 한편,
확성기로 "달봉2리 105번지 사는 차민호, 차민호씨. 지금 당장 산에
서 내려오지 않으면 죄가 더 커집니다" 하고 경고했다. 그 이후의 일
은 차민호의 육성으로 직접 듣는 게 낫다.

"내가 무릎으로 기어가서 경찰 정강이를 부여잡고 싹싹 빌었다
구. 이번 한 번만 봐달라고 말야. 딱 한 번만."

"아 그런다고 경찰이 그냥 가라고 그래? 어이가 없네."

"손이 발이 되게 싹싹 빌었어. 눈물 콧물 짜면서 형님, 아버지, 아
저씨, 할아버님, 주님을 불렀지. 지금 내가 음주운전에 걸려서 운전

을 못하게 되면 우리 식구 다 굶어죽고 길거리에 나앉아서 얼어죽는다고. 아마 한 시간 넘게 무릎 꿇고 울고불고하면서 사정을 했지."

"야, 걸리면 걸리지, 어떻게 사람이 그렇게까지 치사하게 그러냐."

"그래? 난 상관없어. 지금 아무 문제 없잖아."

"그래 경찰이 놔주면서 뭐라고 그래?"

"뭐 당신같이 쓸개 빠진 사람 처음 봤다고 하대. 그냥 하는 말이겠지."

2. 이번 한 번만

하면 안 되고 하지 말라는 게 음주운전이다. 연말의 어떤 자리에서 한 탁자에 둘러앉은 사람들에게서 들었던 사례는 각별히 개성이 넘치고 실감이 나며 흥미진진했다. 두 가지의 이야기로 압축하여 후세에 길이 전하고자 한다.

첫번째 화자는 풍채가 당당하고 좌중을 휘어잡는 언변이 있었다. 1990년대 중반 여름밤, 그는 여느 때나 다름없이 술을 마시고 나서 운전을 해서 집으로 가고 있었다. 집에서 그리 멀지 않은 곳에 고개가 있었는데 고개를 막 넘어서자마자 붉은 후미등을 밝힌 채 줄지어 서 있는 차들이 나타났다. 음주운전 단속을 하고 있었던 것이다. 순간적으로 그는 차를 돌리려고 했으나 이미 자신의 뒤에 다른 차가 도착한 뒤였다. 그 차 역시 돌아가려는 듯 차체를 움찔거렸으나 곧바로 뒤에 또다른 차가 도착하는 바람에 꼼짝없이 앞차를 따라갈 수밖에 없는 처지가 되고 말았다.

그는 땅이 꺼져라 한숨을 내쉬었다. 이번에는 제대로 걸렸구나 싶어서. 도살장 끌려가는 소처럼 앞차를 따라가던 그는 열 대쯤 앞에서 가던 차량 운전자가 음주운전으로 적발되는 것을 보고는 순간적으로 떠오른 생각에 따라 운전석 문을 열어젖히고 조수석으로 자리를 바꿔 앉았다. 운전석 문이 열린 채 차가 움직이지 않자 경찰관이 다가왔다. 문이 열린 운전석에 사람이 없는 것을 보고는 그에게 물었다.

"어떻게 된 거죠? 누가 운전을 하고 있었습니까?"

그게 그가 바라던 질문이었다. 그는 엄숙한 어조로 대답했다.

"내가 오랜만에 술 한잔 하고 나오는데 술집에서 운전을 대신할 기사를 불러줬소. 여기까지 오더니 단속하는 걸 알고는 내려가지고는 산으로 도망가버렸어요. 아마도 운전을 하기 전에 어디서 한잔한 모양이오."

"그게 어느 술집입니까?"

"모르겠소. 하도 술을 많이 마셔서 잠들었다가 깨보니까 이 모양이라……"

그의 당당한 풍채와 화려한 언변이 설득력을 높였던지 그는 단속을 모면할 수 있었다.

두번째 화자는 대학교수로 수십 년을 봉직했다. 어느 날 자신이 재직하는 바로 그 대학 앞에서 음주운전 단속에 적발되고 말았다. 경찰관이 혈중 알코올 농도를 측정하기 전에 종이컵을 운전자의 입 앞에 들이밀고 냄새를 맡아서 술을 마셨는지 안 마셨는지 확인했다. 일단 그의 입에서 술냄새가 난다는 걸 확인한 경찰관이 면허증을 제시하라고 요구했다. 마침 그는 면허증을 집에 두고 온 참이었다. 음주운전보다는 면허증이 없다는 게 더 문제가 될 수 있었다. 어쩔 수 없이 그는 교수 신분증을 내밀며 말했다.

"나 여기 대학에 있는 사람입니다. 학생들과 저녁식사하면서 맥주 딱 두 잔 마셨습니다."

경찰관은 신분증을 보고 나서 돌려주면서 "교수님이시면 잘 아시겠네요. 한 잔이든 두 잔이든 술을 드셨으면 운전대를 잡지 마셨어야죠" 하고 자못 엄격한 어조로 말했다.

"미안합니다. 그러니까 한 번은 넘어가달라는 이야깁니다. 지나가는 학생들이 볼 수도 있고 하니……"

"그러니까요. 학생들에게 모범을 보이셔야 할 분이 그러시면 되겠느냐고요. 학생들이 보면 뭐라고 하겠습니까?"

"정말 대단히 미안합니다. 앞으로는 무조건 학교에 차를 두고 갈 테니까 이번 한 번만 봐주세요."

"교수님은 학생들이 강의에 출석을 안 하거나 시험을 안 보면 어떻게 하십니까? 응당 자신의 행동에 책임을 져야 하지 않습니까?"

그는 잠시 침묵했다. 그러고는 경찰관을 똑바로 올려다보며 천천히 말했다.

"나도 학생들이 찾아와서 진심으로 한 번만 봐달라고 하면, 봐줍니다. 딱 한 번은."

경찰관은 자신의 학창 시절이 생각났는지, 아니면 스승이 생각났는지는 몰라도 가도 된다고 하더라는 것이었다. 물론 그런 일은 그의 일평생에 단 한 번밖에 없었다.

무서운 사람

1. 인상

　이상하게도 경찰의 불심검문을 잘 당하는 친구가 있다. 유달리 이상하게 생긴 것도 아니고 남을 유혹하거나 사기를 쳐서 고발을 당할 것 같은 빼질빼질한 인상도 아니다. 남자 나이 마흔이면 자신의 얼굴에 책임을 지라고 미국의 대통령 링컨이 말했다는데, 그는 그런 말 자체를 우습게 여길 뿐 아니라 그런 말을 입에 담는 사람들, 정말로 말을 했는지 안 했는지 모르지만 말한 것으로 지칭되는 링컨조차 우습게 여긴다. 인상이라는 건 부모에게서 물려받은 것인데 성형외과 의사도 아니고 성형외과에 가마니로 돈을 갖다가 바칠 생각도 없는데 어떻게 바꾸고 뭘 책임지느냐는 것이다.

가정에서 그는 두 아이의 아버지로서, 몸이 약하고 마음이 고운 아내에게도 비교적 충실하게 남편의 역할을 다해왔다. 그렇지만 부부싸움은 가끔 일어난다. 그는 그 나이의 대부분의 남자들이 그렇듯 여러 번 이사를 다녔는데 이사 가자마자 부부싸움을 벌이곤 했다. 이사하는 과정에서 받는 스트레스를 풀기 위해 아내가 만만한 자신을 샌드백으로 써먹고 있다는 말을 하곤 한다. 물론 그도 샌드백으로서 충실히 봉사함으로써 이사하기 전후 제대로 거들지 못한 데 대한 보상을 하고 있다. 문제는 그 과정에서 그가 고통을 참으며 내지르는 신음을 고함으로 오해하고 가정폭력을 휘두르는 범죄자 취급을 하는 이웃들이 생겨난다는 것이다.

얼마 전 다시 이사한 그는 엘리베이터에서 맞은편과 아래층에 사는 부인들과 우연히 마주쳤다. 반장이라는 아래층 부인이 말을 걸었다.

"어제 부부싸움하셨죠? 근데 내가 들어보니까 연약한 여자한테, 부인한테 좀 심하게 하시는 것 같아요."

그는 원래 자신이 목소리가 큰 편이다, 일방적으로 얻어터지기만 했다고 말하려다 생각을 바꿨다.

"사실은 티브이를 벽에다 집어던지는 바람에 소리가 더 커진 거예요."

그가 말하자 맞은편 집 부인이 눈을 크게 떴다.

214

"아니, 티브이도 던지세요?"

"양문형 냉장고는 좀 무거워서요. 무게가 좀 가볍다고 사람을 집어던질 수는 없잖습니까."

새로 이사한 아파트에서 여자들은 물론 남자들도 그에게 뭘 따지거나 시비를 걸어오지 않는다고 한다.

2. 조직

그는 직장에서 없어서는 안 될 유능한 사람이다. 특히 거래처 사람들을 상대하는 데 탁월한 능력이 있다. 회사 업무상 아쉬운 소리를 해야 하는 사람도 있고 그중에는 세금이나 융자 같은 데 관련된 까다로운 사람도 있는 법인데 그는 이상하게 그런 쪽 사람들과 금방 친해진다. 만나기가 어렵지 한번 만나면 금방 목욕탕과 골프장을 같이 드나들게 되는 것은 물론 두번째 만나면 형님, 동생 소리가 나오게 된다.

그렇게 되는 데는 그가 '조폭' 비슷한 느낌을 준다는 것이 큰 역할을 하는 것 같다. 조폭 중에도 전혀 조직폭력과는 상관없는 인상이 있을 수 있는 것처럼 조폭과는 아무런 상관 없이 그런 느낌을 주는 사람이 있는 법이다. 어떻든 그와 형님, 동생 하는 외부 사람들은 대부분 그를 '조직'의 일원으로 알고 있다. 그는 사실 조직의 일원이긴

215

하다. 회사, 그리고 동네 조기축구회.

　어느 날 그가 집에 있을 때 전화가 걸려왔다. 거래처 '동생' 중의 한 명이었다. 동생은 자신의 회사 사람들과 포장마차에서 술을 마시던 중 깡패들과 시비가 붙었다, 단체로 열나게 얻어터지고 있으니 빨리 구해달라고 울부짖다시피 다급하게 말했다. 그는 지금 나갈 수 없는 처지라고 했다. 동생은 그럼 어디 아는 '조직'에 연락이라도 해달라고 했다. 그가 잠시 생각하고 있을 때 "지금 당장 제일 빨리 연락되는 데요!" 하는 비명이 들렸다. 그는 침착하라, 지금 연락처를 적을 수 있느냐고 물었다. 지금 어떻게 필기를 하느냐고 발악하는 소리가 들렸다.

　"그럼 내가 안 외워도 되고, 제일 빨리 올 수 있는 조직원들 전화번호를 불러줄 테니까 그리로 해봐."

　"형님이 전화해주시면 안 돼요?"

　"아, 나는 그쪽하고 잠시 연락을 끊고 있어서 직접 말하기가 좀 그래. 준비됐어?"

　"빨리요, 형님!"

　"112."

　"예?"

　"112로 하라고. 그게 제일 빠를 거야."

　다음날 그는 동생의 전화를 받았다. 동생은 더이상 그를 형님이

216

라고 부르지 않았다. 그래서 그도 "조차장, 어제 조직에서 빨리 왔던 가요?" 하고 직함을 붙여 물었다. 조차장은 "예, 정말 빠르데요" 하고 대답했다. 그럴 것이다. 경찰은 항상 시민과 오 분 거리에 있다니까.

부자유친

그리 유명하지는 않지만 물이 좋고 사람은 많지 않은 어느 온천에 갔을 때의 일이다. 일부러 평일 낮 시간을 골라 간 덕분에 온천탕 안은 한적했고 온천객은 대부분 외지에서 온 나이 지긋한 사람들이었다. 그런데 초등학교 4학년쯤 되었을까 싶은 아이 둘이 황토가 섞인 온탕에서 냉탕을 오가며 물 만난 고기처럼 뛰놀고 있었다.

온탕에 있던 나는 아이들이 워낙 장난을 치며 물을 튀기는 통에 자리를 옮겼다. 다른 손님들도 아이들이 가까이 오면 이리저리 자리를 옮겨다니면서 애써 참는 눈치였다. 참다못해 나는 한 아이를 불러 세웠다.

"너희는 학교 안 다니니?"

아이는 분수대의 물개처럼 입에서 물을 뿜고 난 뒤 대답했다.

"개교기념일인데요."

나는 '목욕탕에서 물장난 쳐서 다른 사람에게 피해를 주면 처벌받을 수도 있다는 걸 학교에서 안 가르쳐주데?' 하고 물어볼 작정이었지만 아이는 금세 제 친구를 따라 뛰어가버렸다. 그러고는 바가지로 서로에게 물을 퍼붓기 시작했다.

누군가 주의를 줄 법도 했지만 아무도 그렇게 하지 않는 게 이상했다. 가만히 보니 아이들의 아버지처럼 보이는, 아니 한 아이와 영락없이 닮은 남자가 열탕에 발만 담그고 앉아 있었다. 그의 머리는 짧았고 목도 짧았으며 몸통은 거기 있는 사람 가운데 가장 굵었다. 그의 한쪽 팔에는 '仁子', 한쪽 팔에는 '무적'이라는 글자가 씌어 있었다. 아이들은 온탕 위로 올라가서 다이빙하더니 물장구를 치며 헤엄을 치기 시작했다. 나는 온천욕을 포기하고 아예 목욕탕 밖으로 나갈 생각으로 몸을 일으켰다. 그때 남자가 두 아이에게 오라고 손짓을 하자 아이들이 헤엄을 멈추고 재빨리 남자의 앞으로 갔다. 나는 다시 앉았다. 그래도 애비는 애비로군, 하면서. 남자가 말했다.

"야 이놈들아. 거기서 그따위로 수영을 하면 어떻게 해!"

아이들은 고개를 푹 숙였다. 그러자 남자는 짧고 굵은 팔을 앞으로 뻗으며 말을 이었다.

"수영을 제대로 하려면 팔을 이렇게 쭉쭉 뻗어야 한단 말이다. 쭉쭉! 아빠를 잘 보고 따라해봐! 다시 해!"

전염

초등학교 4학년이 될 때까지 아이는 편식이 심했다. 특히 김치와 된장 같은 장류에는 입도 대지 않으려고 했다. 새 학년이 되어 새 선생님과 친구들을 만나던 3월 초. 하루는 학교에 다녀왔는데 기운이 없어 보였다. 무슨 일이 있었느냐고 했더니 '선생님이 점심시간에 억지로 김치를 먹게 했다'고 했다.

"참 훌륭한 선생님이시구나. 여선생님?"

"응. 근데 김치 못 먹는 애들 다 나오라고 해서 세워놓고 하나씩 먹였어요."

"네가 첫번째로 먹고?"

"아니, 난 뒤에 있어서 안 먹었어요."

"선생님이 억지로 먹게 했다면서?"

"우리 반에는 김치 안 먹는 애들이 먹는 애들보다 많아요. 선생님이 맨 앞에 있는 애한테 먹이니까 걔가 억지로 먹다가 토했어요."

"저런. 그래도 훌륭한 선생님이니까 포기하지 않으셨겠지?"

"응. 그래서 두번째 애도 토했어요."

"너는?"

"나는 애들 토하는 거 보고 토했어요."

"먹지도 않았는데?"

"다른 애들도 옆에 있는 애가 토하니까 토했어요. 서로 쳐다보면서 다 토했어요."

"토하는 것도 전염돼? 감기도 아닌데?"

"김치 잘 먹는 애들도 토했어요. 선생님도 속이 안 좋다고 밖으로 나갔어요."

듣던 나도 속이 이상해지기 시작했다.

임진왜란 때 조선에 주둔해 있던 명나라 군사 하나가 배부르게 술과 밥을 먹고 길을 가다가 길 한가운데서 먹은 것을 토해냈다. 그러자 굶주린 백성 수백 명이 일시에 달려가서 그 토사물을 주워서 먹었는데 기력이 없는 사람은 미처 먹지 못해 제자리에 서서 울기만 했다고 한다.

임진왜란과 오늘날의 초등학교, 김치와 선생님, 명군의 토사물을

먹는 백성, 중국산 김치, 서로 마주보고 토하는 아이들과 뒷전에서
우는 사람이 무슨 상관이 있느냐고? 없다. 그냥 그렇다는 것뿐이다.
덧붙이면 그랬다는 것뿐이다.

와줘서 가상하구나

시인 Y형을 처음 만난 건 20년쯤 되었으니 운좋게 두 세기에 걸쳐서 친분을 가진 셈이다. 그는 소탈하고 솔직하며 시인답게 직선적으로 자신의 경험과 느낌을 털어놓는 사람이었다. 마주앉아 대화를 할라치면 명색이 소설가인 나보다 Y형의 이야기가 훨씬 박진감 넘치고 소설처럼 재미있어서 나도 모르게 그의 이야기를 받아적곤 했다.

Y형은 십여 년 전 아프리카의 어느 나라를 다녀왔다. 빈곤국가의 어린이를 구호하려는 취지로 설립된 NGO의 홍보대사가 되었고 현지에 가서 우리나라의 후원자들이 준 물품을 전달하게 되어서였다. 우리나라에서 멀고 먼 아프리카에까지 갈 기회가 많지 않은데, 막상

가서 어떤 상황에 맞닥뜨릴지 모르고 지나치게 덥거나 일정이 버거울 수도 있는데, 그래서 나 같은 소설가들은 이리 재고 저리 재고 하다가 결국 못 가고 마는데, Y형은 시인답게 가자는 이야기를 듣자마자 선뜻 응낙하고 프랑스로 가는 비행기에 몸을 실었다. 동행은 구호단체의 직원 두 사람이었고 현지에서 또다른 구호단체의 직원과 합류하게 되어 있었다.

아프리카에 가면서 프랑스로 가는 비행기를 탄 건 행선지인 B민주공화국까지 오가는 직항편이 없어서였다. 아프리카에서도 최빈국으로 꼽히는 B민주공화국은 한때 프랑스의 식민지였다. 어쨌든 집에서 인천공항까지 세 시간, 인천공항에서 파리의 샤를 드골 국제공항까지 열세 시간, 경유하는 데 걸리는 시간 등 아프리카 서북부에 있는 그 나라의 수도로 가는 데만 꼬박 하루 이상이 소요되었다.

밤늦게 공항에 도착해 호텔에 들어가자마자 눈을 붙이고 나서 깨어보니 명색이 4성 호텔인데 아침이 제공되지 않았다. 후원금으로 운영되는 구호단체에서 불필요한 비용은 단 한 푼이라도 아껴서 빈곤한 어린이들에게 주려 하다보니 아침이 제공되지 않는 요금제를 선택했던 것이었다. 시장 한복판에서 딱딱하고 시커먼 빵을 사서 빵보다 비싼 생수와 함께 먹고 난 뒤 일행이 가야 할 마을이 속한 행정구역, 도청소재지에 해당하는 지방의 도시로 떠났다.

차로 열 시간을 이동한 뒤에 Y형 일행은 B민주공화국에서 수도를 제외하고는 가장 크다는 지방 도시에 도착했다. 그런데 그 도시에는 외국인이 묵을 만한 호텔이 없었으므로 도지사가 자신의 사택을 내줘 하룻밤을 지내게 해주었다. 말이 사택이지 커다란 창고 같은 곳이었고 일행 각자에게 2리터짜리 생수 한 통과 벽돌, 얇은 모포가 한 장씩 주어졌다. 현지 NGO의 직원이 설명했다.

"물은 여러분이 내일 아침까지 마시고 씻는 것 말고 또다른 필요한 일에 소용되는 거니까 아껴서 쓰시기 바랍니다. 벽돌은 베개라고 생각하시면 됩니다. 내일 아침은 도지사 관저에서 식사를 제공한답니다. 오늘 저녁은 빵으로 하겠습니다."

Y형은 한국에서 아내가 싸주는 라면과 고추장 등속을 필요 없다고 뿌리쳤던 것을 후회하면서 딱딱한 빵을 뜯어먹었다. 화장실은 따로 없었고 각자 알아서 해결하는 게 그 나라, 그 지역의 관습이었다. 물론 화장지도 없었는데 생수 2리터의 일부는 화장지 대용으로 쓰였다.

일행이 밤에 잠을 청하는 동안 도지사가 파견한 군인이 러시아산 소총을 어깨에 메고 와서 경비를 섰다. 맹수나 도둑이 올 수 있어서라고 했다. 군인은 도지사의 창고, 아니 사택 앞의 마당에 모닥불을 피워놓고 그 불에 주전자를 얹어 끓인 물에 그 지역 특산의 차를 넣어서 마시면서 밤을 지새웠는데 졸릴 때마다 모닥불을 작대기로 후려치는 소리가 꿈속에서도 "딱, 딱" 하고 들렸다.

다음날 아침 도지사의 관저에서 얻어먹은 음식은 이틀을 굶다시피 한 일행에게는 실망스럽게도 그 지역에서 나고 자란 사람들이 좋아할 만한 것뿐이었다. 억지로 배를 채운 일행은 다시 차에 올라 비포장도로로 대여섯 시간을 더 가야 하는 최종 목적지로 향했다. 그곳은 현지의 구호단체가 추천한 여러 후보지 가운데 하나로 인구 3천 명이 사는 농촌마을이었다.

탑승자들의 엉덩이에 멍이 들 정도로 덜컹거리며 흙먼지 속을 달리던 지프의 행렬은 마을을 십여 킬로미터 앞에 두고 소총으로 무장하고 말에 탄 채 달려온 남자들 수십 명에 둘러싸였다. 마을에서 마중을 나왔다는데 자기네들처럼 말을 타고 총을 들고 다니는 떼강도가 있어서라는 것이었다. 그들이 호위하는 가운데 마을에 들어선 구호단체 일행은 수천 명의 마을 사람들이 숨죽여 기다리고 있는 것을 알고는 그동안의 고생이 한꺼번에 씻겨내려가는 듯한 느낌에 사로잡혔다. 사람들의 간절한 기다림과 기대에서 자연적으로 발생하는 전류와 같은 감동이 마음으로 전해졌던 것이다. 마을 사람들은 대부분이 젊거나 어려 보였다.

일행은 임시로 만들어진 환영무대 위로 올라섰다. 나이가 예순쯤 된 마을의 족장과 어르신들이 앉아 있었다. 일행의 대표로 Y형이 인사말을 했다. 통역은 한국어(Y형)-영어(한국 NGO 통역)-프랑스어(현지 NGO 통역)-현지 언어(현지 가이드)의 순으로 진행되었으므로 간단하게 했는데도 삼십 분 넘게 걸렸다. 이어서 그들이 가지고 온 물품이 무대 위에 쌓였고 족장의 환영 답사가 시작되었다. 이번에는 역순으로 통역이 진행되었다.

"너희들이 잠을 자지 않고 먼 곳에서 여기까지 와준 데 대해 아주 기특하고 가상하게 생각하노라."

어렵사리 전달된 답사의 요지였다. '잠을 자지 않고'라는 말은 시차가 나는 먼 나라라는 뜻으로 알아들었는데 '기특하고 가상하게 생각한다'는 말은 도무지 이해되지 않았다고 한다. 우주의 언어를 인간의 말로 통역하는 시인이라고 해도.

마을 사람들의 눈물 어린 환송 속에 마을을 떠나온 뒤 현지 가이드가 설명을 해주고 나서야 Y형은 족장의 말뜻을 알 수 있었다.

"그 지역의 언어에는 고맙다, 감사하다라는 표현이 없다는 거야. 그 마을 사람들은 수십 세대에 걸쳐서 누구에게 고마워할 일이 없이 독자적인 힘으로 생존해왔다더라고. 남에게 고개 굽힐 일은 없는 대신에 먹고살아가기가 정말 힘들었겠지. 듣고 나니 기가 막혀서 목이 다 메더라고."

마을 사람 수천 명이 광장에 모여서 몇 시간씩 기다리고 있는 것을 상상하는 것만으로도 나는 대책 없이 목이 메었다. 나나 Y형 또한 4, 50년 전에 이름 모를 머나먼 외국에서 온 구호품을 받았던 아이였던 것이다.

세상에서 제일 재미없는 책

JHS가 출판사를 차렸다. 그는 원래 책을 좋아하는 사람이었고 출판이라는 문화사업에 사명감을 가지고 있기도 했지만, 치열한 경쟁에서 살아남기 위해 무엇이든 해야 한다는 사실도 잘 알고 있었다. 그는 출판사의 첫번째 책으로 세상에서 가장 재미있는 이야기를 담고 있는 책을 내기로 하고 내게까지 의견을 구해왔다. 내가 그런 걸알면 대답이나 해주고 있었겠는가. 진작에 그런 이야기를 담은 책을 써내고는 카리브 해의 요트 위에서 하바나산 시가를 물고 다이키리를 마시고 있었을 것이다. 어떻든 그는 자신의 노력과 정보, 주변 사람들의 자문을 집대성하여 어떤 책을 출간하기로 결론을 내렸다. 그 책은 미국에서 20년 이상 스테디셀러로 조용히 팔리고 있는 것이었는데 그는 초벌 번역을 한 원고를 검토해달라며 내게 보내왔다.

그 책의 제목은 지금도 밝힐 수 없다. 많은 사람들이 지금은 있지도 않은 책을 찾아 도서관이며 헌책방을 다니면서 시간과 힘을 낭비하는 것을 예방하기 위해서이다. 그 제목과 비슷하게는 말할 수 있는데 '어떤 못생긴 얼간이라도 백 퍼센트 성공하는 연애, 그리고 절대 후환 없이 바람피우기'이다. 원고를 들추자 남자로 설정된 주인공이 처음 보는 여성에게 다가가 말을 걸고 시간을 함께 보내고 침대까지 간 뒤에 원할 경우 평생을 함께할 수 있는 방법이 단계별로 세세하게, 아주 쉬운 문장으로 서술되어 있었다. 나 역시 그런 기술을 태어난 이후 40여 성상 동안 찾아온 인간 중의 하나였으니 지난날 그 기술을 몰라 실패한 사례를 반추하고 가슴을 쳐가며 아이고 데이고 하고 탄식을 연발할 수밖에 없었다. 지금 기억나는 내용은 거의 없지만 이런 구절은 본 것 같다.

"미국 성인 남성이 일생 동안 상대하는 섹스 파트너, 어쩌다 만나서 하룻밤 만에 헤어지는 그런 상대가 아닌 지속적인 관계를 맺는 이성은 평균 5.5명이다. 당신이 내 말대로만 한다면 그 숫자를 20배로 높일 수 있다. 그전에 간단한 준비를 해야 한다. 당신의 마음에 드는 아름다운 여자에게 당신이 원하는 바를 솔직히 말했다가 따귀를 맞을 각오를 하라는 것이다. 단 그렇게 따귀를 맞는 경우는 평생 세 번 정도뿐이다……"

이 이야기의 요점은 뻔뻔스럽고 끈덕진 남자를 여자들이 언제나 거절하는 것만은 아니라는 것. 여자들 역시 철면피하게 접근해온 남자의 상황을 순식간에 파악하고 무시하거나 거절할 것인지, 뺨을 때릴지 받아들일지 선택하는 법이고 만나고 있는 자리의 정황이며 심리 상태가 천변만화하기 때문에 용감하게 시도하고 노력하는 사람에게 기회가 온다는 것이었다. 책 후반부의 '절대 후환 없이 바람피우기' 장에는 이런 내용이 있었다.

"바람을 피우다가 꼬리가 밟혀 부인과 애인에게 추궁을 받을 때가 바람피운 남자에게는 가장 악몽 같은 순간이다. 하지만 이때에도 벗어날 방법이 있다. 첫번째 단계는 부정하라는 것이다. 두번째 단계는 첫번째 단계보다 훨씬 더 강력하게 부인하라는 것이다. 세번째 단계는 절대 그런 일은 없었고 앞으로 있을 수도 없다고 신과 천둥벼락을 두고 맹세를 하라는 것이다. 그러면 상대의 마음속에서 당신에게 유리한 방향으로 변화가 시작되는 것을 확인할 수 있다."

삽시간에 원고를 다 읽고 나서 나는 JHS에게 전화를 걸어 그 책을 지금 당장 출판하라고 이야기했다. 얼마 뒤 그 책이 출판되어 집으로 배달되어왔다. 그런데 표지의 제목이 내가 읽은 내용과는 전혀 관련이 없었다. 그 제목도 밝힐 수 없음을 양지해주시기를. 그와 비슷한 제목은 말해도 상관없는데 '대자연 속에서 홀로 자신의 길을 찾는 명상 수련' 정도이다. 표지의 배경그림은 인쇄가 잘못되기라도 한 것처럼 흐릿했다. 사슴이 물을 마시는 초원의 냇가에 박힌 원저자 이름 뒤에 '著(저)'라는 고색창연한 한자가, 번역자의 한자 이름 뒤에는 '編譯(편역)'이라는 획수 많은 한자가 붙어 있었으며 책의 내용에 대해서는 일언반구 설명이 없었다. 표지를 벗길 수 있게 되어 있어(원래 미국에서 출판된 책과 똑같은 편집 체제임을 나중에 알았다) 뒤집어보니 '어떤 못생긴 얼간이라도 백 퍼센트 성공하는 연애, 그리고 절대 후환 없이 바람피우기'라는 뜻의 제목이 깨알처럼 작게 인쇄되어 있는 것이었다. 그러니까 그 책을 사서 읽고 책장에 끼워놓아도 그 집에 찾아온 어느 누구도 관심을 가지지 않게 고안한 창조적 디자인의 산물이었다.

그런데 그 책은 신생출판사 JHS와 대표 JHS의 기대에는 한참 못 미치는 판매고를 기록하고 절판되고 말았다. 거죽만 보고 지나가기에도 바쁜 세상에 어느 독자가 일일이 내용을 들춰보고 책을 사겠는가, 혹은 웬만한 잡지나 언론매체에 다 나오는 구닥다리 이야기를 돈 주고 살 사람이 있겠는가, 요즘 독자들은 주로 여성들인데 남자들의 일방적인 환상을 담은 책을 살 리가 없다는 등등의 실패 원인을 진단하는 의견이 백출했다.

어떻든 그 책은 아직 내 책장에 있고 나 이외의 어느 누구도 그 책을 들춰보지 않은 것 같다. 이젠 나에게도 별 소용이 없는 책이 되었지만.

이 또한 흘러가리라

　몇 해 전 캐나다에 갔을 때 이민 온 지 십수 년 되었다는 K에게서 이런 이야기를 들었다. 캐나다 서부의 산과 들에는 곰이 많다. 털빛이 검어서 검은 곰, 회색이라서 회색 곰으로 불리는 그 곰들은 숲에서 제 나름의 생활을 해나가는 게 보통이지만 먹을 게 부족해지면 인가 근처로 오기도 한다. K는 검은 곰이 순진하고 호기심이 많은 반면 회색 곰이 더 공격적이고 위험하다고 했다. 그러나 그것도 상대적인 것이지 인적 없는 들판에서 혼자 다니다간 어느 곰을 만나든 생사를 가르는 위기에 빠지기는 매한가지다.

　곰이 자주 출몰하는 지역에는 주정부에서 설치한 경고 표지판이 있다. 친절하게도 곰을 만났을 때 대처하는 방법도 쓰여 있다는데 첫번째 조항은 물론 곰의 눈에 띄기 전에 '도망가라'는 것이다. 곰과 대면하게 되었을 때 기존에 알려진 대처법, 그러니까 『이솝 우화』에 나오는 것처럼 나무에 올라가서 곰이 가버리기를 기다린다든지 죽은 척하는 방법은 별다른 소용이 없다고 한다.

"곰은 사람보다 나무를 잘 타요. 거기다가 호기심이 많거든요. 땅바닥에 누워서 죽은 척하고 있으면 앞발로 이리저리 건드려보고 찔러보고 물어서 흔들어도 보고 굴려도 볼 겁니다. 배가 고프면 먹으려 들겠죠. 그렇게 직성이 풀릴 때까지 집요하게 치고 물고 뜯고 집적거리기 때문에 멀쩡하던 사람도 사망에 이르게 됩니다."

대처법의 두번째 조항은, 도망을 쳤음에도 불구하고 일단 곰에게 따라잡혔을 때는 '머리를 팔로 가리고 몸을 최대한 웅크려 곰의 공격에 대비하라'는 것이다. 곰이 사람과의 달리기 놀이에 만족하고 다음을 기약하면서 그냥 가버릴 수도 있다. 하지만 어디까지나 운이 좋을 경우다.

마지막 조항은 그래도 곰이 공격해올 때의 대처법을 설명하고 있다. '싸워라Fight!'라는 단 한 단어로 이루어진 문장이다. 경고판에는 더이상의 대처 방법도, 설명도 없다. 왜 싸우라고 하는지에 대해서 K는 이런 해석을 내놓았다.

"사람이 곰하고 싸워서 이길 확률은 전혀 없어요. 그래도 그 사람이 끝까지 곰과 싸워야 곰이 사람이라는 건 참 성가시고 저항이 심

234

한 존재구나 하고 인식하게 만들 수 있다는 거예요. 그러니까 당사자는 곰과 싸워 죽지만 다음에 곰을 만난 사람이 살아날 확률을 높일 수 있다는 거죠."

이런 이야기도 있다. 캐나다에 이민 온 지 얼마 안 되는 여성이 눈 오는 겨울날 혼자 차를 운전해서 숲 사이로 난 길을 가고 있었다. 그런데 갑자기 숲에서 사슴이 튀어나오는 바람에 차로 사슴을 치고 말았다. 처음 겪는 일인데다 주변에 도움을 청할 곳도 없어 그 여성은 빠르게 사고 장소를 떠났다. 그런데 얼마 가지 않아 경찰차가 불을 번쩍이며 나타나 차를 멈추게 했다. 그리고 경찰이 그녀에게 다가와 차에 피가 묻어 있는 이유를 물었다. 그녀는 일단 사람을 친 건 아니라고 해명했다. 경찰이 그럼 무엇을 치었느냐고 질문했다. 사슴이라는 말이 그녀의 입에서 뱅뱅 돌았지만 영어로는 뭔지 떠오르지 않았다. 경찰의 눈초리는 점점 매서워져갔다. 마침내 그녀는 대답을 찾아냈다.

"루돌프, 루돌프를 치었어요!"

경찰이 그녀의 말을 알아들은 덕분에 그녀는 집에 돌아와 그해의 크리스마스를 맞을 수 있었다.

또하나의 이야기는 어느 노인에 관한 것이다. 이민 온 지 수십 년이 되었지만 언어 습득을 거의 못했을 뿐 아니라 한국에서의 가치관과 생활 습관을 고스란히 가지고 있던 한 노인이 어느 봄철, 산에 가서 고사리를 채취하게 되었다. 노인은 꺾어가는 사람이 거의 없어 지천으로 널려 있는 고사리를 이고 지고 멜 수 있는 최대한의 보따리로 만들어 산을 내려왔다. 그런데 산 아래에 지키고 서 있던 산림공무원이 노인에게 도대체 왜 그렇게 많은 '풀'을 뽑아가지고 가는지 질문했다. 노인은 어찌어찌 그 말을 알아들었지만 답을 할 수 없어 고심하다가 집에서 기르는 토끼에게 줄 거라는 대답을 간신히 찾아냈다. 토끼가 영어로 뭔지 몰랐던 노인은 두 손을 양 귀에 대고 '깡충깡충' 소리를 내며 제자리 뛰기를 했다. 그러자 산림공무원이 웃으며 노인을 보내주었다고 한다.

그렇게 이야기는 계속된다. 이 또한 흘러가리라.

압도적이다

　중국 하고도 장시 성의 여산廬山, 삼첩천 폭포를 가는 길이다. 중국 유일의 유네스코 지정 세계문화경관, 세계지질공원이라는 여산에서도 가장 기이한 경관을 보여준다는 곳이다. '만일 삼첩천 폭포를 가지 않았다면 여산에 갔다고 하지 말라'는 말이 폭포 가는 길 여러 곳에 적혀 있다.

　여산의 폭포로는 원래 여산 폭포가 유명하다. 시선, 주선酒仙, 주태백酒太白이라 불리는 당나라 시인 이백의 시 「망여산폭포望廬山瀑布」에 "비류직하삼천척飛流直下三千尺"이라 했으니 시인의 취한 눈에는 폭포수가 날아 떨어지는 거리가 1천 미터로 보였던가. 막상 가보니 실제로는 100여 미터 남짓이다.

이백이 죽고 난 뒤, 어느 나무꾼이 이백이 초당을 짓고 살던 곳에서 얼마 떨어지지 않은 계곡 깊숙한 곳에서 삼첩천 폭포를 발견했다. 세 차례 겹쳐지며 떨어진다 해서 이름이 삼첩천三疊泉인 이 폭포는 낙차 215미터로 여산 폭포가 "큰형님" 하고 부르게 생겼다.

등산객이 많이 찾는 오로봉을 오르고 나서 삼첩천 폭포를 보러가는 길은 내리막길이다. 길은 대부분 계단으로 만들어져 있다. 첫걸음을 뗄 때부터 계단의 숫자가 얼마인지 세어보려 했으나 세어본 사람이 있어 그만두었다. 인근 음식점 주인의 말인즉 1700여 계단이란다.

내려가고 내려가고 또 내려간다. 어린 시절 밀짚으로 만들었던 여치집처럼 뱅글뱅글 계단이 돌아간다. 돌계단이 돌고 또 돌아간다.

황산, 태산, 화산처럼 중국의 유명한 산이면 대체로 있다는 교자꾼을 본다. 그들이 사람을 태우고 다니는 교자가 길옆 여기저기에 놓여 있다. 일이 없는 교자꾼들은 카드로 도박을 하거나 장기를 두고 있다. 마침 아래쪽에서 뚱뚱한 중년 여성을 태운 교자가 올라온다. 교자 앞뒤로 한 사람씩 채를 어깨에 메고 손님을 운반한다. 적당한 거리를 간 뒤 다른 교자꾼과 교대하는 법인데 장기를 두고 있던 교자꾼이 판을 엎고 채를 잡더니 곧바로 올라가기 시작한다. 채를 넘겨준 사람은 숨을 고를 틈도 없이 빈 교자를 들고 아래로 내려간다. 그렇게 수십 번을 교대하며 계단 1천여 개를 태워다주는 값이

2만 원 정도란다. 주말 바쁜 때에는 한 사람당 하루 100여 명을 실어나른단다.

계단을 내려가고 또 내려가 마침내 삼첩천 폭포를 본다. 압도적이다. 그야말로 아득한 하늘에서 떨어지는 듯하다. 주태백이 「술을 권하며將進酒」라는 시에서 "그대여 보지 못하였는가 황하의 물이 하늘에서 내려온 것을君不見 黃河之水天上來"이라고 했을 때의 바로 그 하늘 같다.

폭포에서 내려오는 길, 한 교자꾼 노인이 자기 키보다 큰 계단용 석판을 지고 혼자 올라오는 것을 본다. 그는 내가 지나가기 쉽도록 십자가처럼 지고 있던 석판을 한쪽 어깨에 옮기고는 길옆으로 비켜선다. 그의 작은 손에는 굳은살이 두껍게 박혔고 근육 덩어리인 짧은 장딴지는 고찰의 배흘림기둥 같다. 압도적이다.

도대체 노인은 석판을 어디까지 지고 올라가야 하는 것일까. 1700여 계단 가운데 몇 번째가 잘못되었을까. 지나치면서 본 노인의 눈에는 무구한 미소가 어려 있다. 그 미소, 낯선 사람 때문에 생겨난 수줍음 때문일까. 압도적이다.

교자꾼들이 손님을 기다리며 벌인 장기판, 카드판은 하루 번 돈을 몽땅 거는 도박판은 아니었을까. 인생이 그런 걸까, 아니면 사람이? 여하튼 압도적이다. 모두 다 압도적이다.

욕 잘하는 사람들

얼마 전까지만 해도 왜 사람들이 흔히 말하는 '욕쟁이 할머니'가 운영하는 식당에 가서, 밥뿐만 아니라 욕까지 자청해서 얻어먹고 오는지 이해할 수 없었다. 욕쟁이 할머니가 주인인 식당에 아무리 천하의 진미가 있다 해도 간 적이 없었다. 그런 의미에서 근래 욕 좀 잘한다는 주인이 있는 식당에 가서 겪은 일은 특별한 것이었다.

그 식당 앞에는 사람들이 줄을 길게 서 있었다. 영업시간이 낮 12시에서 2시까지인데 12시가 넘자마자 자리가 차버렸다. 나는 일행이 미리 자리를 잡아둔 덕분에 들어가 앉을 수 있었다. 식당 내부는 대체로 낡았다. 앉아 있는 사람들 대부분은 자주 오는 사람인 듯 식당 분위기에 익숙해 보였다. 주문을 받으러 온 사람은 주인의 동생이라는데 근래 들어 주인보다 더 욕을 잘한다고 정평이 나 있었다.

"아재, 그 수저 밑에 깐 기 뭐요? 다음에 또 그카마 나한테 혼난데이."

휴지를 네모나게 잘라 식탁 위에 깔고 그 위에 수저를 놓는 게 왜 혼날 일인가는 모르겠지만 내가 한 짓으로 우리 일행이 맨 처음으로 욕을 먹자 주위에서 웃음이 터졌다. 우리가 웃을 일도 곧 생겼다.

"앉으라는 대로 좀 앉아라. 거 둘 앉고 여 둘 앉으마 되겠구마. 너 그 밥 먹을 때도 꼭 연애해야겠나. 밥 묵을 때 잠깐 헤어져가 있는 기 뭐 그리 안 될 일이라꼬, 젊은것들이 아니꼬와서."

식당 주인 자매는 일단 목소리가 실내 어디서든 들을 수 있게 크고 시끄러웠다.

"어허요, 이 아가씨가 다음에 우리집에 안 올라카나. 음식 남기마 진짜 큰난데이. 그래 남기고 갈라거든 담에 절대 우리집에 오지 마라."

한 사람 한 사람 앞에 놓이는 뚝배기에 들어 있는 닭개장이 남자인 나도 부담스러울 정도로 좀 많았다. 한여름에 냉방장치라고는 선풍기밖에 없는 좁은 실내에서 엄청나게 맵고 뜨거운 국물에 막 삶아내온 국수를 말아서 먹다보면 땀이 비 오듯 하여 욕을 먹는지 땀을 먹는지 음식을 먹는지 잘 알 수도 없었다. 요청하면 금방 지은 밥까지 나오니 어차피 여자들은 다 먹기가 힘들 것 같았다. 그런데 다 안먹고 갈 거면 다음에 오지 말란다.

"좀 심한 거 아냐? 사람마다 먹는 양이 있는데."

내가 말하자 일행이 "이 사람이 지금 겁도 없이……" 하며 입을 막았다. 나 역시 위가 큰 편은 아니라서 동병상련의 심정으로 소곤소곤 끈질기게 항거했다.

"왜 저렇게 덮어놓고 욕부터 하는 거야? 좋게 말로 해도 되잖아."

십 년 넘게 그 식당에 단골로 다녔다는 친구가 말했다.

"저 양반한테 제일 욕 많이 먹는 짓이 뭔지 알아?"

"모른다, 왜?"

"말로 해도 될 걸 뭐 때문에 욕을 하세요, 하고 묻는 거야."

욕을 하는 이유는 간단했다. 식당은 좁고 손님이 많으니 누구든 자리에 끼어앉아야 할 필요가 있다. 뚝배기에 든 음식은 펄펄 끓는 닭개장이고 손님이 부주의하면 자칫 화상을 입거나 입히게 된다. 경각심을 불러일으키려는 수단이 욕이었다. 주인은 손님이 조금만 생각하면 수긍할 만한 일을 좀 거세게, 욕을 섞어 말하는 것뿐이었다. 그렇게 한꺼번에 주객의 경계를 허물어뜨리고 나면 그 자리에 한솥밥 먹는 사람들끼리의 친밀감과 웃음이 밀려드는 것이다.

"이 식당의 음식맛이 어때? 박아무개 판사는 이제까지 먹어본 거중에 최고라던데."

음식을 먹고 나오면서 친구가 물었다.

"난 한 번 와서는 맛을 잘 몰라. 몇 번 더 와보면 알겠지."

그때는 그렇게 대답을 했지만 지금 벌써 그립다. 음식맛보다 왈그랑뚝딱 시끄러운 그 음성이.

정류장

    20여 년 전 지리산 연하천 산장(대피소가 정식 명칭이지만 산장이라고 불리는 게 보통이다)에서 이런 일이 있었다. 산장에 도착하니 점심때여서 매점에서 라면을 하나 샀다. 샘에서 혼자 먹고 마실 물을 길어서 밥 짓고 고기 굽고 찌개 끓이며 떠들썩한 사람들과 좀 떨어진 곳으로 갔다. 편평한 곳에 낙엽이 수북하게 쌓인 곳이 있어서 앉으려고 했는데 뭔가 발밑에서 물컹하고 밟히는 느낌이 드는가 싶더니 낙엽 더미가 좌우로 갈라졌다. 그러고는 웬 사람이 무덤에서 부활하듯 벌떡 일어나 앉는 것이었다.

    더욱 기이한 건 그 사람이 양복 차림에 넥타이를 매고 있었고 구두를 신고 있다는 점이었다. 자동차 회사 영업사원이라고 해도 이상

할 게 없었다. 문제는 그가 어느 경로로 입산을 했든 산길로 일고여덟 시간은 걸어와야 할 지리산 능선 위에 있다는 사실이었다. 그는 내 손에 들린 코펠과 라면을 보더니 자신이 어젯밤부터 아무것도 먹은 게 없다, 무슨 고민이 있어 버스비만 가지고 차를 탔다가 내려서 걷고 또 걷다보니 여기까지 와버렸다, 자신과 라면을 나눠 먹을 수 있겠느냐고 청산유수처럼 줄줄 이야기했다. 영업사원일 거라는 생각이 강해진 것과는 상관없이 나는 그러자고 했다.

그는 자신이 버너에 불을 피우고 라면을 끓이겠다고 했다. 나는 알고 보면 복잡할 것도 없지만 모르는 사람에게는 작동이 쉽지 않은, 제 주인을 꼭 빼닮은 성질머리를 가진 버너를 배낭에서 꺼내주고 라면을 하나 더 사러 갔다. 돌아오면서 이미 그가 바람이 들지 않는 곳에 버너 불을 피우고 코펠을 얹어놓은 것을 보았다. 얼마 뒤 코펠에서 물이 끓는 소리가 나는 순간 한 남자가 우리에게 다가왔다.

그 남자는 얼룩무늬 모자를 쓰고 얼룩무늬 반바지와 풀빛 반팔 셔츠를 입었는데 신발은 군화처럼 생긴 검정색 부츠였다. 검게 탄 얼굴에 눈매가 날카로운 그는 군용 허리띠를 차고 얼룩무늬 물통을 매달았으며 물통 반대편에는 마체테처럼 생긴 큰 칼이 매달려 있었다. 그 남자는 우뚝 선 채로 점심을 같이 먹을 수 있겠느냐고 간청해왔다. 내가 앉으라고 하자 남자는 코펠에 자신의 물통을 기울여 1인분의 물을 더했다.

내가 왕복달리기 시험을 치르는 초등학생처럼 빠르게 산장 매점에 다녀오자 남자는 라면 세 개의 포장과 수프를 일일이 군용 대검처럼 생긴 칼로 찢었다. 그는 칼날에 라면을 얹어 코펠에 집어넣고 칼끝으로 뚜껑을 누른 채 우리의 질문에 대답했다. 그 남자는 지리산 능선 종주를 수십 번 했으며 평범한 종주가 지겨워서 산중턱을 따라 자신만의 길을 내가며 일주를 하는 중이었다. 소금 반찬에 생쌀을 씹고 해먹을 걸어서 자는 식으로 일주일 동안 혼자 산행을 해왔는데 위에서 사람 소리가 나기에 못 견디게 사람이 보고 싶어서 올라와봤다는 것이었다.

라면이 다 끓은 뒤 우리는 라면을 공평하게 나눠 먹었다. 휴지로 설거지까지 하고는 잘 가라는 인사를 하고 나서 세 방향으로 흩어졌다. 그들이 지금도 각자 자신의 갈 길로 잘 가고 있으리라 믿는다.

경양식집에서 생긴 일

30여 년 전, 대학 1학년생들 다섯 명이 비슷한 또래의 여대생 다섯 명과 단체로 만났는데—그런 '만남'을 영어 발음으로 '미팅'이라고 불렀다—장소는 경양식집이라고 불리는 서양풍 레스토랑이었다. 그중에는 처음으로 경양식집에 와본 시골 출신의 기역이 있었다. 그런데 맞은편에 앉은 상대가 얼마나 예쁘고 똑똑한지 정신이 헐떡거리며 몸의 안팎을 출입하는 게 느껴질 정도였다. 주문을 받으러 나비넥타이를 맨 웨이터가 왔을 때 그 여학생은 다른 여학생들처럼 그 경양식집의 대표 메뉴인 햄버그스테이크 정식(당시에는 '함박스텍'으로 호칭되었다)을 시켰다. 기역은 포크와 나이프를 제대로 쓸 자신이 없어서 숟가락만 써도 되는 오므라이스를 주문했다.

기역은 조심스럽게 상대의 신상을 파악하기 시작했는데 뜻밖에 두 사람의 고향이 상당히 가까운 시골이라는 걸 알게 되었다. 하지만 그녀는 사투리를 거의 쓰지 않았고 옷차림도 서울 중산층의 딸처럼 보이는 단정한 원피스를 입고 있었다. 기역은 장발에 때묻은 청바지를 입은 자신에게서 여전히 촌티가 흐른다는 것을 그녀 때문에 더욱더 절감했다.

정식이 오기 전에 수프가 먼저 왔다. 오므라이스에는 수프가 나오지 않았기 때문에 기역은 가만히 앉아 있었다. 그런데 그 여대생 역시 수프에 손을 대지 않고 앉아 있기만 하는 것이었다. 수프가 식어가는 것을 보다못해 기역은 그녀에게 물었다.

"왜 안 드십니꺼?"

여대생은 수줍게 대답했다.

"밥 나오면 말아먹을라구요."

두 사람은 5년 뒤에 결혼했고 결혼 6개월 만에 떡두꺼비같은 아들을 낳았으며 지금까지 신혼부부처럼 서로 뜨겁게 사랑하며 잘살고 있다.

불행 중 다행

우리나라에는 밀렵감시단이라는 단체가 있다. 말 그대로 남몰래 불법적으로 사냥하는 사람을 감시하는 단체로, 내가 알기로는 전국 최고의 사냥꾼인 내 친구도 이 단체에 가입되어 있다. 엽기(매년 11월부터 다음해 2월)가 시작되고 경찰서에 보관해놓았던 엽총들이 풀리면 이 단체도 본격적으로 활동하기 시작한다.

합법적인 사냥은 수렵면허시험에 합격하고 등록된 엽총을 가진 엽사가, 매년 일정한 금액을 지불하고 허가를 받아서, 제반 법률로 정해진 바에 따라, 정해진 엽장에서 정해진 기간 동안 정해진 마리 수만큼 정해진 범위에서 잡는 것을 말한다. 정해진 대로 하지 않으면 불법이다. 예를 들어 밤에 하는 사냥은 금지되어 있고 총포를 개조하는 것도 불법이며 도로나 인가 근처에서 총을 쏘다가는 처벌을 받는다.

근래 수년 동안 내 친구가 들어 있는 밀렵감시단이 한사코 잡으려고 해온 밀렵꾼이 있다. 혼자가 아니라 부부로 짐작되는 남녀 한 조로 알려져 있다. 이들은 반드시 밤에, 개머리판을 떼내고 적외선 조준경을 단 총을 가지고, 차를 타고 가다가 도로변에서 서치라이트를 비추어서, 산에서 내려온 짐승을 발견하면 총으로 쏴서 트렁크에 실어간다고 한다. 이들은 위장을 위해서인지 개인적인 취향인지는 몰라도 남자는 양복 정장을 입고 있고 여자는 한복을 입었는데 타고 다니는 차 역시 배기량 3000cc급의 최고급 승용차라는 것이다. 불심검문에라도 걸려들면(실제로 두어 번 그런 적이 있다고 한다) 자식의 결혼식을 치르고 집에 돌아가는 길에 마음이 허해서 드라이브를 한다고 둘러대는데 겉보기로 남자는 신사답고 여자는 현모양처의 전형이다. 하지만 신사는 사냥물을 발견하면 즉시 양복저고리를 벗어젖힐 것이고 불법사냥을 목적으로 특별하게 개조한 총에서 발사된 총알이 허기져서 밤중에 도로변에 내려온 가엾은 짐승을 쓰러뜨리면 현모양처는 치마를 들고 사뿐사뿐 달려가 사냥물을 들고 올 것이다. 그들이 국산 대형 승용차를 타는 이유는 그 차의 트렁크가 유난히 커서 고라니 정도의 사냥물은 쉽게 집어넣을 수 있기 때문이라고 한다.

이렇게 무차별적으로 잡아서 배를 채울 것도 아니고 집에 가지고 가서 자식들 먹일 것도 아니며 생업도 아니라면 이런 학살을 자행하는 이들은 도대체 어떤 사람들인가. 인간과 인간성을 모욕하는 이들을 잡으려고 눈에 서치라이트를 켜고 있는 사람들이 있다는 것이 그나마 다행이다. 아직 안 잡혔다니 여전히 불행이다.

전문 분야

조이성은 대한민국의 수도 서울 하고도 강남, 압구정동과 청담동 사이에 있는 직장에 다닌다. 예전에 치료했던 이가 말썽을 부리자 조이성은 집 근처 아파트 단지 상가의 치과에서 치료를 받았다. 그런데 어느 날 지하철이 고장나는 바람에 예약된 저녁 시간에 치과를 가지 못했다. 밤새 잠도 못 자고 앓던 그는 다음날 아침 회사에 출근하자마자 회사 건물 10층에 있는 치과로 달려갔다.

치과에 들어서자 호텔 로비처럼 호화롭고 넓은 실내에 클래식 음악이 흐르고 있었고 천연 박하 냄새까지 났다. 접수대에 앉아 있던 아름답고 젊은 여성이 무슨 일 때문에 그러느냐고 상냥하게 물었다. 그는 예전에 돌팔이 의사에게 치료한 이가 다시 망가졌는데 살릴 가

망성이 없는 것 같다, 뽑아버렸으면 한다고 말했다. 그러자 그 여성은 난처한 듯 지금 의사가(원장님이) 출근하기 전이니 급하시면 다른 곳으로 가보는 게 어떻겠느냐고 했다. 그는 다른 곳으로 갈 시간도 이유도 없다, 치과라고 간판을 달아놨길래 들어왔는데 이 하나 뽑지 못한다는 게 말이 되느냐고 반문했다. 아름다운 여성은 그가 와 있는 치과는 임플란트와 미백, 교정을 전문으로 하는 치과이고 충치나 이를 뽑는 치료는 하지 않는다고 설명했다. 그는 이가 아파서 당장 죽을 지경인데 죽고 나서 다른 병원에 가라는 거냐고 소리를 버럭버럭 질렀다.

그때 영화배우처럼 잘생긴 의사가 막 출근하더니 무슨 일이냐고 물었다. 그는 자신의 사정을 다시 설명했다. 의사는 사정이 급하니 할 수 없겠다고, 눈처럼 흰 가운으로 갈아입고 나서는 그의 이를 치료하기 시작했다. 이를 뽑는 동안 버둥거리는 그를 붙들기 위해 역시 영화배우처럼 생긴 간호사 두 사람이 동원되었다. 고급 오디오에서는 클래식음악이 계속해서 흘러나왔으며 기다리는 사람들은 티백 녹차가 아닌, 유기농 커피를 마시며 이태리제 소파에 앉아 있었다. 의사는 땀을 뻘뻘 흘리며 삼십여 분 동안 힘을 쓴 끝에 그의 이를 하나 뽑아냈다. 그리고 탈진해서는 고맙다는 인사도 제대로 받지 않고 안으로 들어가버렸다.

접수대에 간 그는 치료비가 얼마냐고 물었다. 아름다운 여성은 동네 치과와 똑같은 금액을 제시했다. 신용카드를 꺼내면서 비로소 그는 약간 미안해졌다고 한다.

"아, 미안할 게 뭐 있어. 의사가 환자를 치료하는 건 당연한 의무지."

이야기를 듣고 있던 내가 말하자 조이성은 "맞아, 네 말이" 하고는 기지개를 켰다. 그러고는 허공을 향해 팔을 뻗은 채로 중얼거렸다.

"그래도 그 의사 참 잘생겼더만."

낙타 경주

낙타 경주에 다녀왔다. 아랍에미리트의 라스 알 카이마 교외에 있는 낙타 경주장에서는 새벽 5시 반에 이미 경주가 시작되고 있었다.

낙타 경주는 아랍 국가들 사이에서, 특히 아라비아반도의 전통 스포츠로 인기가 있다. 시즌을 마감하는 마지막 경주라 그런지 적게 봐도 수백 마리의 낙타가 운집해 있었다. 그보다 훨씬 많은 사람들이 모였는데 대부분은 전통 복장인 디슈다샤(발목까지 내려오는 긴 옷)를 입고 머리에는 구트라(두건)를 착용하고 있었다.

특이한 것은 낙타의 등에 얹혀 있는 도시락보다 좀 큰 검은 상자였다. 상자는 통신 송수신 장치로 삐죽한 안테나가 달려 있었다. 그전에는 낙타 기수로 몸무게가 가벼운 예닐곱 살의 어린 소년들을 썼다고 한다. 아이들이 경주에서 다치거나 죽는 경우가 생기자 2005년 이후부터 상자 모양의 로봇 기수를 낙타의 혹등에 매달게 되었다.

경주보다는 낙타를 출발선에 정렬시키는 게 어렵고도 큰 일이었다. 일을 맡은 낙타 몰이꾼들이 낙타에 딸려가거나 낙타가 쓰러지면서 아래에 깔리는 일이 속출했다. 소란이 수습된 뒤 땅바닥에는 몰이꾼들의 낡은 신발이 수두룩했다. 다행스럽게도 크게 다친 사람은 없었다.

그날 경주는 직선 주로에서만 열리고 있었다. 주로와 바깥의 도로 사이에는 울타리를 쳐놓았다. 주로 양쪽의 비포장도로에는 수백 대의 차가 낙타가 출발하기를 기다리며 흥분된 엔진 소리를 내고 있었다.

출발을 알리는 총성과 함께 주로에서 낙타들이 달리기 시작했다. 평균속도 40킬로미터, 최고속도 60킬로미터 이상이라는 낙타와 나란히, 트럭·승용차·SUV·스포츠카·험비 등등 종류도 다양한 100여 대의 차들이 출발했다. 속도를 맞추지 못하거나 진로를 방해하거나 잘못 세워둔 차 앞에서는 한꺼번에 수십 개의 나팔이 울려퍼지듯 엄청난 질책의 경적이 울렸다. 차 안에서 핏대를 세워 고함을 치고 주먹을 들어올리며 사람들은 낙타와 나란히 차를 타고 달리고 달렸다. 흙먼지가 구름처럼 일었다.

웃음이 터져나왔다. 무표정하게 앞만 보고 달리는 낙타와 그 낙타를 따라 달리며 목청이 터져라 광분하는 사람들이 대비되며 폭죽과 같은 웃음을 유발했다. 경주가 끝나자 지친 낙타들은 입에서 거품을 흘리며 터벅터벅 걸어서 계류장으로 들어갔고 차들은 출발선으로 돌아왔다.

경주는 계속되었다. 말을 듣지 않는 낙타를 출발선에 세우느라 몰이꾼들은 진땀을 흘렸고 신경질이 난 낙타들은 생똥을 싸댔으며 낙타에 깔렸다 딸려간 사람의 신발은 여전히 널려 있었다. 낙타가 경주를 시작하면 사람들이 탄 차도 같이 달려나갔다. 경주가 끝나면 낙타는 계류장으로, 사람들은 차를 타고 출발선으로 다시 돌아왔다. 무엇인가 그전과는 조금 달라진 채로. 그러는 사이 해가 조용히 떠올랐고 경주는 계속되었다. 반복. 반복. 같은 일이 서너 번쯤 되풀이되자 더이상 웃음이 나오지 않았다.

이슬람 율법에서 도박을 엄격하게 금하고 있어 낙타 경주에 돈을 걸 수는 없다. 하지만 경주에서 우승한 낙타의 몸값이 천정부지로 치솟기 때문에 낙타 주인이 열광적으로 응원을 할 만한 이유는 분명히 있다. 하지만 낙타와 함께 달리는 차들 중에는 특정 낙타와 상관없이 경주를 따라하는 차가 많았다. 그저 그러고 싶어서, 좋아서 하는 것이다. 격정적이고 진지했다.

낙타 경주는 시설이 잘된 상설 경주장에서 열리는 경마, 경륜, 경정 등에 비해 훨씬 더 인간적으로 느껴졌다. 매캐한 먼지와 귀청이 따가운 소음이 인간적이었다. 사람이 사람답게 보여서 인간적이었다. 쓸데없는 짓, 도로徒勞가 아니냐고 누군가 묻는다면, 그래서 인간적이지 않으냐고 되물을 참인데 아직까지 아무도 그렇게 물어오지 않았다.

뒤집어쓰고도 남을 물

TV에서 아프리카의 튀니지 중부, 사하라 사막 한가운데 있는 오아시스에 객실이 텐트로 된 호텔을 보았습니다. 생긴 지는 10여 년 가까이 되었는데 60여 개의 새하얀 텐트 객실이 대추야자 숲 사이에 설치되어 있네요. 텐트이긴 해도 안에는 침대가 있고 냉온수가 나오는 욕실까지 있습니다. 사막의 자연, 야성을 내 집 안마당처럼 쾌적하고 편한 곳에서 맛보라는 것이겠지요.

사막에서 가장 매혹적인 게 해가 뜨고 지는 광경이라지요. 어느 관광객은 "휴가를 보내러 왔는데 색다른 경험이다. 여기서 28일간 머무를 것 같다"고 하네요. 저는 그 관광객이 무척이나 부러웠습니다. 관광觀光은 말 그대로 하면 '빛을 보는 것'인데 해가 뜨고 지는 것을 보는 게 진정한 관광일 테니까요.

그렇다고 모든 관광객이 빛만 보고 만족하겠습니까? 무슨 스포츠나 오락이, 그러니까 수영이나 골프나 뭐 그런 걸 할 수 있으면 좋아할 텐데요. 예, 호텔에 수영장이 있습니다. 맑고 푸른 물이 가득 담긴 수영장입니다. 사막에서 수영이라니 참 멋지지 않습니까. 실컷 수영을 하다가 나와서 청정한 관광용 햇빛에 몸을 말리고…… 이게 다 오아시스의 물이 있어서 가능한 이야기입니다.

2006년 사하라 사막에 골프장이 들어섰습니다. 진짜 잔디가 심어져 있는 18홀짜리 골프장입니다. 골프장 잔디 역시 오아시스에서 솟아나는 물로 관리합니다. 이 골프장의 잔디를 유지하는 데 하루 300만 리터의 물이 든다는군요. 물이 충분해서 다른 골프장도 더 만들 계획이 세워졌습니다.

골프장을 이용하는 사람은 하루 200명, 연간 7만 명을 유치한다네요. 그렇게 말하는 사람, 아주 의욕적으로 보이는 게 곧 훈장이라도 받게 생겼습니다. 훈장이나 골프장 이용자 숫자가 배아파서 그러는 건 아니고요. 그냥 계산을 해봤습니다. 300만 리터를 200명이 머리에서 발끝까지 뒤집어쓴다고 치면 1인당 1만 하고도 5천 리터가 돌아가는군요.

세계 인구 70억 명이 매일 500밀리리터짜리 생수통 3만 개분의 물을 뒤집어쓴다면…… 105,000,000,000,000리터, 곧 105조 리터

의 물이 들어갑니다. 그냥 해 뜨고 지는 풍경을 보기만 하는 것으로
모든 사람이 만족할 수는 없을까요?

업은 아기 3년 찾기

어머니를 요양병원에 모셔다드린 지 세 달째, 오연길은 근래 들어 실수가 잦다. 어머니가 좋아하는 무장아찌 반찬을 찾는다는 아내의 말에 시장에 있는 반찬집으로 가기 위해 자신의 차가 있는 주차장으로 내려왔다. 차문을 열어보니 차 안에 쌓여 있는 쓰레기가 눈에 거슬려 집히는 대로 손에 들고 나와서는 아파트 주차장 한곳에 설치된 쓰레기통에 집어넣었다. 그러다 주변에 재활용쓰레기가 지저분하게 흩어져 있는 게 보여서 눈치 빠르고 손이 날랜 어머니가 계셨으면 그냥 두었겠는가 싶어 정리를 한답시고 여기저기로 옮겨 담았다. 어느 정도 일이 정리된 뒤에 그는 가만히 멈추어 섰다. 자신이 왜 재활용 쓰레기를 분류하고 있는지 생각해보기 위해서였다. 십여 초 뒤에야 그는 겨우 반찬을 사러 가야 한다는 걸 기억해냈고 차를 향해 가는 도중에 차 열쇠가 주머니에 없다는 사실을 깨달았다. 그는 아내에게 전화를 걸어서 집에 있는 자동차 열쇠를 가져다달라고 했다.

연길은 주차장에 선 채 스마트폰 액정화면 속에서 정신없이 명멸하는 뉴스를 보며 아내를 기다렸다. 오 분쯤 뒤 아내 김애선에게서 전화가 걸려왔다.

"암만 찾아봐도 없는데요."

"아니 그 커다란 열쇠 뭉치를 왜 못 찾아?"

"내가 그 열쇠 주인이에요? 당신 주머니를 다시 한번 잘 살펴봐요. 참, 스페어키가 없었나? 차에 뒀다고 하지 않았어?"

연길은 그제야 여분의 차 열쇠를 차 안에 두었다는 것을 기억해냈다. 차 열쇠를 차 안의 햇빛가리개 안에 숨겨놓는 그의 행동에 대해 의아해하는 애선에게 그는 이렇게 말했었다.

"요즘 문 잠긴 차는 보험회사에서 긴급출동해서 열어준다고. 일 년에 다섯 번씩. 아무리 내가 멍청해도 다섯 번이나 열쇠를 잃어버리겠어?"

연길은 그때 큰소리를 탕탕 친 게 기억이 나게 하는 데 확실히 도움이 되었다고 자화자찬하며 자신의 차로 다가갔다. 그런데 차에서 웬 엔진음이 들려오는 것 같았다.

"아니 어떤 놈이 남의 차 시동을 걸어놓은 거야, 도대체?"

연길은 지체 없이 차문을 열었다. 운전석 앞 키박스에는 보란듯이 차 열쇠가 꽂혀 있었다.

"이 사람이 벌써 내려왔다 갔나?"

그는 20층에 있는 자신의 아파트를 올려다보면서 엘리베이터의 속도를 가늠해보고 그럴 리가 없다고 결론지었다.

"거 참 귀신이 곡할 노릇이네."

차를 몰아 시장으로 향하면서 그는 몇 번이고 같은 말을 중얼거렸다. 시장에 이르러서야 그는 자신이 처음 차문을 열고 시동을 건 뒤에 열쇠를 차에 꽂아두었다는 사실을 인정하지 않을 수 없었다. 잘 기억할 수는 없었지만.

한편 애선은 결국 남편의 차 열쇠를 찾지 못했고 그 이야기를 해주러 고무장갑을 낀 채 1층으로 내려왔으나 이미 남편의 차는 보이지 않았다.

"아니 이 양반은 키를 찾았으면 찾았다고 말이나 하고 갈 것이지, 뭐가 그렇게 급하다고 말 한마디 않고 가버린 거야. 고생해서 열쇠 찾던 사람 생각은 안 하나?"

혼잣말을 하던 애선의 눈에 여기저기 대충 담아놓은 재활용쓰레기가 눈에 들어왔다. 그런데 그것들이 제대로 분리수거가 되지 않은 것이, 일이 제대로 마무리되지 못한 것을 참지 못하는 완벽주의자인 김애선의 날카로운 시선에 걸려들고 말았다 애선은 반사적으로 재활용품을 꺼내 분류하기 시작했다. 그러다가 따가운 햇살에 피부가 그을리겠다는 생각을 하고는 정신을 차려서는 엘리베이터로 향했다. 고무장갑을 벗어 앞치마 주머니에 넣은 뒤 애선은 아파트 현관 앞에서 잠시 멈추어 섰다. 자신이 무엇 때문에 1층으로 내려왔는지 생각해내기 위해서였다. 한참 뒤에야, 겨우 이유를 알아낸 그녀는 남편이 어디서 뭘 하는지 궁금해졌다. 그걸 확인하자니 전화를 해야 했는데 집에다 전화를 두고 온 것이었다. 그녀는 집에 있는 딸에게 물었다.

"애, 내가 아빠한테 차 키를 갖다준다고, 아니 못 찾았다고 이야기 해주려고 내려왔는데 아빠가 그새 키를 찾았는지 차가 어디 가고 없다? 나한테는 아무 말도 하지 않고 말이지. 나한테 그새 문자메시지 라도 보냈는지 모르겠는데 내가 전화기를 집에 두고 왔지 뭐니. 그래, 내 전화기, 부엌 식탁 위나 소파에 리모컨하고 같이 있을 거야. 전자레인지나 냉장고 속에 반찬 그릇 대신 넣어두고 문을 닫지 않았 느냐고? 요새는 그런 일 없대두. 아무튼 집에 다 왔으니까 됐다. 전화기야 집 어디에 있겠지."

그녀의 딸은 마지막 순간에 물었다. 엄마 전화기가 집안에 있으면 엄마는 지금 뭘로 내게 전화를 걸고 있는 거냐고. 그녀는 잠시 침묵에 빠졌다가 자신의 손에 들려 있는 전화기에 대고 소곤소곤 말했다.

"얘, 너 인터폰 아니었니?"

오후에 연길은 요양병원으로 어머니를 보러 갔다. 어머니는 전날과 변함이 없는 모습으로 누워서 아들을 맞았다. 어머니는 한 해 전 처음 알츠하이머병 진단을 받았지만 그때는 도무지 의사의 진단을 믿을 수조차 없게 총명했다. 알츠하이머병에 걸린 환자는 완치를 시켜서 원래대로 돌릴 수는 없고 병의 진행을 막거나 늦추는 게 최선의 치료라고 했으며 그때부터 의사가 처방해준 약을 복용하면서 집에서 지냈다. 지난가을, 갑자기 상태가 나빠져서 어머니 혼자서는 물론이고 식구들의 헌신적인 도움으로도 일상생활을 영위할 수 없게 되었다.

결국 요양병원에 입원한 뒤로 어머니는 말이 거의 없어졌다. 의사와 간호사, 간병인들의 도움으로 어머니의 생활이며 모습은 집에 있을 때보다 훨씬 나아졌다. 하지만 연길은 일주일에 서너 번, 그의 아내는 거의 매일 요양병원에 들러서 어머니의 상태를 확인하곤 했다.

연길은 말없이 누워서 아들을 올려다보는 어머니에게 오전에 있었던 일에 대해 띄엄띄엄 늘어놓았다.

"제가 말주변이 없어서 제대로 설명을 못해 그렇지 요새 저도 정말 오락가락해요. 애엄마도 그렇고."

연길은 그 증상이 어머니의 요양병원 입원 이후에 심해졌다고 생각하고 있었지만 말을 입 밖에 내지 않았다. 그때 어머니가 몇 달 동안 듣지 못했던 또렷한 음성으로 연길에게 말했다.

"그러길래 옛날부터 업은 아기 3년 찾는다는 말이 있지요."

"예에?"

연길은 자신의 귀를 의심했다.

"늙은 어미 때문에 자네들이 무척이나 고생한다는 말일세."

와락 어머니의 손을 잡은 연길의 눈시울이 붉어지더니 기어이 눈물이 방울방울 흘러내렸다.

간단하고 기막힌 장사

5년 전 5월 5일 중국에 갔을 때의 일이다. 베이징 변두리의 호텔에 묵고 있던 나는 화창한 주말 오후에 호텔 주변을 산책하려고 나왔다. 하천변에 데이트를 하러 나온 젊은 남녀의 대담한 애정 표현 말고는 도대체 볼거리라고 할 만한 게 없었고 변변히 앉을 데도, 뙤약볕을 피할 그늘도, 즐길 만한 놀이 시설도 없었다. 그런데도 인구대국답게 거리는 온통 사람들로 북적거렸다. 서 있는 것들 가운데 나무보다 많은 게 사람이었고 움직이는 것들 가운데 어떤 동물보다 많은 게 역시 사람이었다. 사람들은 약장수의 시답잖은 쇼나 야바위판에도 구름처럼 모여들었고 멀리서도 사람이 모여 있는 곳이라면 무슨 재미있는 일이 있을까 싶어 달려오는 식이었다. 차가 다니는 도로 중앙만 아스팔트 포장이 되어 있었을 뿐, 차도 바깥이나 인도는 모두 포장이 되어 있지 않아서 사람들이 달려올 때마다 흙먼지가 구름처럼 일곤 했다.

그 흙구덩이 속에서도 노점상 할머니가 간장에 조린 오리알을 탑처럼 쌓아놓고 있었다. 도대체 어떻게 저 많은 걸 팔 건지 내가 다 걱정이 되었지만 할머니는 무표정하게 오가는 사람을 구경하고 있을 뿐이었다.

할머니 앞을 떠나서 호텔 반대편 쪽으로 한참 걸어가다가 다리 위에 웬 바구니 하나와 녹슨 체중계 하나가 놓여 있는 것을 보게 되었다. 바구니에 들어 있는 종이에 쓰인 글자를 읽어보니 대충 '몸무게 한 번 재보는 데 5자오(1자오는 10분의 1위안으로 당시 1위안은 150원)'라는 뜻이었다. 한 남자가 체중계에 올라가더니 씩 웃고는 때묻은 5자오짜리 지폐를 바구니에 던져넣었다. 손을 잡고 걸어가던 한 쌍의 남녀가 또 체중계에 같이 올라갔다 내려와서 5자오짜리 한 장만 넣고는 큰 죄라도 지은 듯 도망갔다. 올라가고 웃고 내려오고 돈 내고 올라가고 웃고 돈 내고…… 이런 식으로 네댓 장의 5자오짜리 지폐가 쌓이자 어디선가 남루한 행색의 여자가 달려와 한 장만 남기고 지폐를 모두 가져갔다. 가만히 보니 그 수입이 보통 아닌 것 같았다. 워낙 오가는 사람이 많았고 그 사람들은 별다른 구경거리며 놀 만한 일이 있는 것도 아니었으니까.

한참을 구경하다 호텔 앞으로 돌아오니 행상 할머니의 오리알 탑
도 키가 절반으로 줄어들어 있었다.

아무도 모르라고

고등학교에 입학하고 나서 첫번째 음악 시간에 들어온 선생님은 목소리가 정말 좋았다. 음역은 테너였고 오페라 가수로도 활동하고 있다고 했다. 음악 시간은 재미있는 이야기를 많이 들려주는 선생님 덕분으로 돌아오기를 기다리는 시간이 되었다.

"베르디의 〈아이다〉를 공연할 때였던가. 기사가 말을 타고 지나가는 장면이 있어서 경마장에 가서 훈련이 잘된 말을 한 마리 빌려왔어. 그런데 이 말을 타고 무대로 나오니까 말이 픽 쓰러져버리는 거야. 말에 타고 있던 기사도 떨어져서 나자빠지고. 알고 보니까 말은 전기에 굉장히 예민하대. 무대에는 조명 때문에 전선이 아래위로 지나가고 있거든. 그러니까 감전이 된 것처럼 일으켜세워놔도 픽 쓰러지고, 픽 쓰러지고 해서 청중들은 웃고 박수 치고 난리가 났지.『돈 키호테』의 로시난테도 아니고."

무엇보다 매력적인 것은 선생님의 노래였다. 이따금 방과후에 운동장에서 축구를 하는 중에 음악실에서 연습하는 선생님의 노랫소리를 들을 수 있었다. 청아하고 가늘면서도 단단하게, 끝없이 올라갈 듯 아슬아슬하게 이어지는 그 목소리에 발밑에 굴러온 공을 차는 것도 잊을 정도였다.

선생님은 어려운 이야기를 하는 법이 없었다. 또한 언제나 구체적이었다. 이를테면 이런 식이었다.

"좋은 목소리를 가지고 싶어? 누구든지 그렇게 될 수 있어. 방법을 이야기해주겠다. 매일 아침, 잠에서 깨어 목이 풀리기 전에 도레미파솔라시도를 두 옥타브씩 세 번만 불러라. 빨리 좋아지기를 바라는 사람은 세 번이 아니라 열 번쯤 부르면 된다. 매일 세 옥타브 이상을 열 번을 부르면 유명한 가수도 될 수 있다. 중요한 건 하루도 빼먹지 말고 매일 하라는 거야. 그렇게 변성기 지나고 목소리가 정해지는 고등학교 3년 동안만 해도 누구한테나 좋은 인상을 주는 매력적인 목소리를 가지게 된다."

선생님의 말씀을 실천하는 일은 어렵지 않을 것 같았지만 나는 단 보름도 계속하지 못했다. 하지만 그것만으로도 목소리에 전에 없는 윤기가 생긴 것 같았다.

같은 반에 학교 주변 폭력계의 실력자로 알려진, 학교에서는 거의 말을 하지 않는 친구가 있었다. 그 친구와 단 한 번 마음속에 있는 이야기를 나눈 적이 있다. 그는 대학에 꼭 가고 싶다고 했다. 학교 성적으로는 불가능하고 싸움은 자신 있지만 싸움실력으로는 체대에도 못 가니 예능 쪽으로 알아봐야겠다는 것이었다. 나는 그가 노래 부르는 것을 한 번도 들어본 적이 없었다. 음악 시간에도 평소처럼 입을 열지 않았기 때문이다.

그로부터 일 년쯤 뒤인 2학년 봄소풍을 갔을 때였다. 장기자랑 시간에 음악 선생님이 갑자기 그 친구에게 나와서 노래를 불러보라고 하는 것이었다. 그러자 그 친구가 망설임 없이 나오더니 독일어로 된 가곡을 유창하게 불렀다. 아이들은 깜짝 놀랐다.

"앙코르 안 해? 니들 다 죽고 싶어?"

그가 미소를 머금고 어안이 벙벙한 우리를 향해 말했다. 그제야 박수가 나왔다. 의아함과 두려움, 수런거림이 섞인 약한 박수였다. 그는 두번째 노래로 우리가 음악 시간에 배운 가곡 〈아무도 모르라고〉를 선택했다.

떡갈나무숲 속에 졸졸졸 흐르는

아무도 모르는 샘물이길래

아무도 모르라고 도로 덮고 내려오지요.

나 혼자 마시곤

아무도 모르라고

도로 덮고 내려오는 이 기쁨이여.

나는 그 노래가 그토록 우아하고 기품이 있으며 위트가 들어 있는 노래인 줄 몰랐다. 노래가 끝난 뒤 한 곡 더 하라는 아우성과 박수, 휘파람 소리가 요란했다. 그는 무대 위의 가수처럼 멋진 포즈로 사양을 하고 제자리로 돌아갔다.

나중에 알고 보니 그는 음악 선생님을 찾아가 대학에 가고 싶고 노래를 잘 부르고 싶다는 자신의 바람을 말했다고 한다. 선생님은 한번 마음먹은 것을 바꾸지 않는다, 시키는 대로 꾸준히 실천한다는 조건하에 아무런 대가 없이 음대에 진학할 수 있는 노래 실력을 갖출 수 있게 도와주었다.

고등학교 2학년, 생애 마지막 음악 시간이 되어버린 그 시간에 음악 선생님은 지금까지도 가끔 곱씹고 있는, 오래도록 여운이 남는 말씀을 해주었다.

"너희의 미래는 지금 너희가 되기를 열렬히, 간절하게 바라는 바로 그것이다."

274

돈의 값

 나사못 몇 개가 필요해서 철물점으로 갔습니다. 철물점 문이 닫혀 있어서 그 옆에 있는 '통신 공사 전문'이라는 훨씬 더 큰 가게로 갔지요. 가게 안이 비좁아 보이도록 물건이 쌓여 있었고 가게 밖에도 전선과 파이프 등속을 둘러놓고 있었습니다. 그래서 그런지 주인은 무척 바빠 보였습니다. 제가 가게 안에 들어섰지만 고개 한 번 들지 않고 무슨 계산인가를 하고 있었습니다.

 젊은 종업원의 전화통화가 끝나기를 기다렸습니다. 종업원은 오 분쯤 후에 통화를 끝냈습니다. 내가 나사못이 좀 필요하다고 하자 종업원은 줄지어 서 있는 선반 사이 어둑어둑한 곳으로 들어갔습니다. 조금 뒤에 종업원은 나사못이 든 비닐봉지를 하나 들고 나타났습니다. 내게는 그 나사못이 좀 많아 보이더군요.

"저, 거기에 나사못이 몇 개나 들어 있는 거죠?"

내가 묻자 종업원은 주인을 향해 물었습니다.

"한 봉지에 천 개죠?"

주인은 여전히 고개를 들지 않은 채 "응" 하고 대답했습니다. 입이 잘 떨어지지 않았습니다만 말하지 않을 수 없었습니다.

"저는 서너 개만 있으면 되는데요. 아니 열 개쯤……"

그러자 주인이 그 무거워 보이는 고개를 들고 말하더군요.

"그렇게는 안 팔아요."

"왜요?"

"봉지를 한 번 뜯은 다음에 다섯 개 열 개씩 팔아가지고 언제 한 봉지를 다 팝니까. 열 개씩 사간다고 해도 백 명이 왔다 가야 하는데 어느 천년에."

나는 물었습니다.

"저 같은 일반 사람이 그거 한 봉지 사면 죽을 때까지 써도 다 못 쓸 텐데, 그 생각은 해보셨나요?"

그는 어리둥절한 얼굴로 반문했습니다.

"내가 왜 그런 생각을 해줘야 하는데요?"

밖으로 나왔습니다. 가다보니 뭔가 허전했습니다. 다시 가게로 들어가서 주인에게 물었습니다.

"아까 그 나사못 한 봉지가 얼만데요?"

"4천 원요."

그는 고개를 다시 숙였습니다.

"여기서는 돈이 값이 있네."

그냥 나오기는 뭣하여 말했습니다만 주인이 들었는지 말았는지 모르겠습니다. 정말 바쁜지 바쁜 체하는지도.

자전거 무덤

'자전거 무덤'에 관한 이야기를 들었습니다. 무덤은 사람이나 코끼리며 반딧불이 같은 동물이 죽어서 묻힌 자리를 말하는데 자전거에 무슨 무덤이 있을까요? 그러고 보니 자전거는 '스스로 구르는 수레自轉車'인데 무정한 기계부품으로 이루어진 것이 어떻게 자전을 해서 무덤까지 간다는 것일까요? 그러니까 이건 이야기입니다.

자전거 무덤에 있는 자전거의 고향은 물론 공장입니다. 공장에서 생산된 자전거는 어떤 섬으로 팔려갑니다. 그 섬에는 자전거 임대를 전문으로 하는 사업체가 여럿이거든요. 섬에 온 사람들 중에 꽤 많은 사람들이 자전거를 빌려 탑니다. 바닷가로 난 길을 따라 섬 둘레를 한 바퀴 도는 데 3일씩 걸린다고 하는군요.

오로지 두 다리와 자전거에 의지해 섬을 한 바퀴 돌고 나면 자전거를 대여해준 가게에서 '일주 확인증'을 줍니다. 그게 어떤 자격을 의미하는 것도 아니고 내놓고 자랑할 것도 아니지만 영수증처럼 확인증을 손에 쥐면 뿌듯합니다. 해냈다는 성취감과 자긍심, 그게 최고의 보상이겠지요.

여러 사람이 번갈아가며 빌려 쓰기 때문에 자전거는 고장이 잦을 수밖에 없습니다. 자전거를 빌려주는 업체에서는 매일 수리를 하고 성능이 정상인 것을 확인하고 나서야 자전거를 빌려줍니다. 그렇지만 자전거를 일 년 이상 쓰는 경우가 드물다고 합니다. 가장 큰 문제는 소금기라고 하는군요. 섬에서 이 사람 저 사람이 빌려 타고 달리는 자전거는 부품이 상하는 속도가 육지의 자전거보다 훨씬 빠르답니다.

자전거는 섬에서 '소용所用'을 다하고 나면 퇴역합니다. 그러면 그 자전거를 필요로 하는 사람들이 그 자전거를 사갑니다. 그 사람들 중 한 사람은, 그 섬보다 더 작은 섬에서 그 작은 섬을 찾아온 사람들에게 자전거를 빌려주는 사람입니다.

퇴역한 자전거를 사온 사람은 자전거를 분해합니다. 성한 부품끼리 결합해서 온전한 자전거를 만들어냅니다. 성치 못한 부품은 무덤으로 갑니다. 한두 해 동안 섬을 돌던 중고 자전거들도 때가 되면 다시 분해되고 그중에서 성치 않은 많은 부품이 무덤으로 갑니다. 그리하여 자전거의 무덤은 점점 커집니다.

지상의 어떤 섬에는 자전거의 무덤이 있습니다. 거기에는 지상에서 소용을 다한 자전거들이 조용히 누워 있습니다. 이제 영원으로 환원되기를 기다리며.

작가의 말

첫번째

소설의 작은 기미, 펜촉처럼 날카롭고 단단한 이야기 앞에서 나는 특별히 더 긴장한다. 사람과 사람 사이를 잇는 고압선에서 튀는 불꽃 같은, 서늘한 한줄기 바람처럼 흘러가고 벼락치듯 다가오는 우연과 찰나의 연쇄가 나를 흥분시킨다. 이야기라는 인간세의 보석에 나는 언제나 홀려 있을 것이다. 소설 쓰는 인간이다, 나는.

2010년 봄

두번째

이 행성에서 최초의 이야기가 점토판에 새겨진 5천 년 전의 시대와 은하계 전체의 공간에 최후의 이야기가 새겨질 975,684,612일 후의 어느 순간 사이에 내가 존재할 수 있었던 것은 지극한 행운이다. 글로 이야기할 수 있어 영예로웠다. 이야기 속에 등장하는 수많은 존재, 관계, 시간 들이 참으로, 진심으로 고맙다.

2017년 여름

성석제

사랑하는,
너무도 사랑하는
©성석제 2017

초판 인쇄 2017년 6월 8일
초판 발행 2017년 6월 15일

지은이 성석제
펴낸이 염현숙
책임편집 이연실 | 편집 고지안
디자인 김이정 | 마케팅 정민호 박보람 이동엽
홍보 김희숙 김상만 이천희
제작 강신은 김동욱 임현식 | 제작처 영신사

펴낸곳 (주)문학동네
출판등록 1993년 10월 22일 제406-2003-000045호
주소 10881 경기도 파주시 회동길 210
전자우편 editor@munhak.com | 대표전화 031) 955-8888 | 팩스 031) 955-8855
문의전화 031) 955-3576(마케팅) 031) 955-2651(편집)
문학동네카페 http://cafe.naver.com/mhdn | 트위터 @munhakdongne

ISBN 978-89-546-4497-6 03810

www.munhak.com